「あんまり……ドキドキさせないでほしい」
「俺がこの日をどれだけ待っていたか、きみは知らないだろ。
もう止まれないぞ」
宣言した湊斗は、愛液を舌で舐め取った。

離婚前提の結婚でしたよね!?
ホテル王は契約妻を愛し尽くしたい

御厨 翠

Vanilla文庫Miel

離婚前提の結婚でしたよね!? ホテル王は契約妻を愛し尽くしたい

contents

イラスト／御子柴リョウ

プロローグ

その日、香坂佳純《こうさかかすみ》は自宅のリビングでスマホを片手に住宅情報サイトを漁っていた。

あと三ヶ月で今いる家から越さなければならないからだ。

といっても、ただの引っ越しというわけではない。三年間の結婚生活に終止符を打つためである。

夫の湊斗《みなと》とは、もともと三年の契約で結婚した。互いの利益が一致した、いわゆる契約婚というやつだ。

結婚生活を維持していくうえで、双方の合意のもとに諸々《もろもろ》の取り決めをした。その中で一番重要な項目が、『婚姻期間は三年とし、期間終了後は速やかに退居すること』で、その期限が三ヶ月後というわけだ。

(でも、ちょっとだけ寂《さび》しいな)

佳純はすでに見慣れた窓の外に広がる景色を眺め、心の中で苦笑する。

湊斗の所有する高級タワーマンションに越してきた当初は居心地の悪さを感じたものだ

が、今ではすっかり生活の一部になっている。住めば都というやつで、三年の間にこの部屋は佳純の日常に溶け込んでいた。

（なんて、感傷に浸ってる場合じゃないわ）

仕事をこなしつつ三ヶ月で住居を確保しなければならない。ぐずぐずしていては、すぐに時間が経ってしまう。一時しのぎで実家に戻ってもいいのだが、離婚理由についてあれこれと詮索《せんさく》されるのは面倒だ。

心配してくれるのはありがたい。ただ、一度きりの自分の人生なのだから、自由に生きたいというのも正直な気持ちだ。

「あっ、ここいいかも！」

最寄り駅から徒歩十五分、築十二年の２ＤＫ。女性専用マンションで、オートロック完備。家賃、共益費、管理費も佳純の給与で支払える範囲で収まっている。

今いるタワーマンションとは比べるべくもない、ごくごく普通の物件だが、ひとり暮らしには充分な広さと設備だった。

さっそくお気に入りに登録し、ほかの物件も何件か見繕う。間取りはどこもそう大きな違いはなく、あとは条件しだいといったところだ。

佳純は間取りを見つつ、家具の配置をぼんやりと思い浮かべた。

この家から持っていくものはほとんどない。あるのは、結婚するときに持ってきた雑貨や、自分で購入した服だけで、それもたいした量ではなかった。三年間の期間限定の仮住まいで荷物を増やせば、引っ越しが大変だからだ。

次の住まいでも、必要最低限の家具や日用品があれば生活には事足りる。足りないものがあれば、追々買い足せばいいだろう。

（この三年で、ずいぶん貯金も貯まったしね）

生活費や光熱水費などは湊斗が払う契約をしてくれた。すべてを彼に負担させるのは対等な契約にならないと反対したのだが、『自分が払う』との一点張りで譲らなかった。

家賃もなく、生活にまつわる費用も湊斗持ちとあって、自分の給料はほとんど減ることなく残っている。

（離婚の慰謝料まで払うって言われたときは驚いたな）

さすがにそこまでしてもらうわけにはいかないと、慰謝料は断固として拒否した。だが、湊斗も自身の考えを曲げず、かなり言い合ったのだが、それも今となっては笑い話だ。

「本当、変な人」

契約項目を決めていたときの様子を思い出し、つい笑みを浮かべたときである。

リビングの扉が勢いよく開かれ、息を切らせた家主が現れる。

「あっ、湊斗さん。おかえりなさい」

珍しく焦った様子で帰宅したのは湊斗である。

類い稀《まれ》なる容姿と財力、社会的地位のすべてを兼ね備え、その場にいるだけで羨望の眼差《まなざ》しを注がれる男。それが、佳純の夫だった。

彼は少し長めの前髪を掻《か》き上げると、無言で歩み寄ってきた。

百八十センチの長身でモデル並みにスタイルがいい湊斗は、いつどんな瞬間であっても完璧に立ち居振る舞う人だ。ハイブランドのスーツを嫌みなく着こなし、ただ立っているだけでも絵になる。

余裕のある大人の男性というのが、香坂湊斗のパブリックイメージだ。けれど今はその面影はなく、秀麗な顔に汗を滴《したた》らせている。

「どうしたの？　すごい汗……何か飲んだほうがいいんじゃない？」

立ち上がった佳純は、すぐにキッチンへ向かおうとする。しかし、引き留めるように湊斗に腕を摑《つか》まれた。

「飲み物は、いらない。……それより、家を探してるって未知瑠《みちる》に聞いた」

未知瑠とは、湊斗の妹で、彼とは七歳年の差がある。佳純のほうが年は近く、本当の姉妹のようだとよく言われている。

そして彼女は、湊斗との夫婦関係が三年の期間限定だと知る数少ない人物だ。共通の趣味もあることから、お互いに近況を報告し合う仲である。

今日もふたりでカフェで会い、賃貸物件を探しているのだと話したところだ。

「そろそろ約束の期限だし、住む部屋を探さないとって話してたの。離婚届も準備しておかないとね。湊斗さんは、家族にいつ伝える？　気まずいけど、ふたり揃《そろ》って報告したほうがいいよね」

少しだけ寂しく思いつつ、決めておかなければいけないことを告げる。けれど湊斗はそれには答えず、握っていた腕を引き寄せた。

（えっ……）

次の瞬間、なぜか抱きしめられた佳純は、困惑して彼を見上げる。

「湊斗さん？」

「引っ越しはしなくていい」

「だって、あと三ヶ月で離婚するのに」

「離婚はしない。……絶対に」

湊斗の腕の力が強まる。まるで逃さないというかのような行動に佳純は困惑し、身動きが取れずにいた。

1章　契約の変更につき、毎日キスを求む

三好《みよし》佳純は、ウエディング事業、とりわけゲストハウスウェディングの運営を基幹とする企業『天空閣《てんくうかく》』の社長令嬢だ。

幼いころに母を病で亡くしたが、その後、しばらくして父は再婚。弟も誕生し、家族仲も良好だ。義母には生みの母と同じくらいの愛情をもって育ててもらい感謝している。

大学卒業後は実家を離れ、自身の夢だった国内大手のハイエンドホテル『Ａｋａｔｓｕｋｉ《アカツキ》』に就職し、ハウスキーピング部門所属となった。就職して一年経つが、忙しくも充実した毎日を過ごしている。

「――お父さん、急に呼び出すなんて何かあった？」

三月、だんだんと空気が暖かく緩んできた時期に、『話がある』と連絡を受けた佳純は、休日を利用して実家を訪れた。

しかし、話を切り出したところ、父はおもむろにテーブルの上に釣書を置いた。

「おまえに見合い話がある」

「お見合い……!?」

　まったく予想していなかった話題に驚いて目を丸くした。

　就職してから約一年しか経っておらず、まだ二十三歳だ。これまで恋人がいたこともなければ、結婚願望も強くない。何より今は、やっと仕事を覚えたばかりで、ほかのことを考える余裕がなかった。

「悪いけど断って。結婚をしたくないわけじゃないけど、今はそういう気持ちになれない。しばらくは、自分の生活基盤を作るために働きたいの」

「おまえの気持ちはわかっている。だがこの話は、簡単に断れる相手ではないんだ。うちの会社にとってもそうだが、佳純にとってもな」

「え……」

（どういうこと……？）

　怪訝《けげん》に思っていると、父が釣書の表紙を開いた。

「見合い相手は、『Ａｋａｔｓｕｋｉ』の香坂湊斗――おまえが勤めているホテルの代表取締役社長だ」

「ど……どうして社長がわたしとお見合いするの!?」

　予想もしなかったお見合い相手の名に、佳純は動揺を隠せない。

『Ａｋａｔｓｕｋｉ』社長の香坂湊斗と言えば、ホテル業界では〝超〟のつく有名人だ。

創業百年を超える日本屈指の老舗《しにせ》ホテルで、歴代最年少で社長の座に就いた経歴もさることながら、経営手腕にも定評がある。

彼が社長になってしばらくすると、外資系ホテルに流れていた宿泊客を『Ａｋａｔｓｕｋｉ』に取り戻し、常に高稼働率を誇るようになった。

もともと海外の要人や上流階級に属する人々が顧客に多くいたが、伝統と格式を重んじながら、一般客にも広く利用されるための施策に打って出たのである。

それまで〝老舗〟のプライドが足かせとなっていたホテルに意識改革を促した若きホテル王。それが、他業界の経営者からも評価される『Ａｋａｔｓｕｋｉ』の社長だ。

そもそも、父と湊斗に接点はない。佳純も、自分が『天空閣』の娘だと職場では明かしておらず、知っているのは直属の上司くらいだ。〝『天空閣』の社長の娘〟という立場ではなく、〝個〟としての自分を見てもらいたかったのだ。

困惑している佳純に、父は「驚くのは無理もない」と肩を竦《すく》めた。

「じつは、『Ａｋａｔｓｕｋｉ』の社長自ら、業務提携の申し出があった。今まで挙式披露宴は自社のバンケット《宴会》部門のみで行なっていたが、ゲストの多種多様な要望に応えるために、今後はゲストハウスウエディングの提案も考えているらしい」

ホテルの格式張った披露宴に対し、一棟を貸し切って行なわれるゲストハウスウエディングはカジュアルさが人気の理由のひとつだ。

『天空閣』で貸し出しているのは、海外にあるようなプール付きの邸宅で、開放感のあるガーデンを使用したセレモニーやパーティーを行なうことができる。

中世ヨーロッパ風の邸宅や併設されたチャペルなどは非日常的で、一日一組限定の貸し切りのため特別感がある。ＳＮＳ映えする会場も多く、近年では人気を博していた。

「……業務提携は、『Ａｋａｔｓｕｋｉ』と『天空閣』の間で出た話でしょ？　それがどうして社長とわたしの縁談になるの？」

「雑談の中で、『Ａｋａｔｓｕｋｉ』に娘が勤めていると話したら香坂さんが興味を持ったんだよ。そうしたら後日、ぜひ見合いをしたいという話になってな」

そうはいっても、これまでまったく接点のなかった人だ。社長と一社員なのだから、個人的な繋《つな》がりなどなくて当然である。

（それに、お見合いで相手を探すような感じはしないし）

香坂湊斗は、その立場もさることながら、端麗な容姿にも注目が集まる。自身もそれを理解し、あえてホテルの広報的な役割を担っているようだ。彼が表紙を飾った業界誌は、ＳＮＳ上で芸能人並みに話題になった。

ホテル業界に身を置く佳純には雲の上の存在である。彼ならば、見合いをせずとも掃いて捨てるほどの女性が寄ってくるはずだ。

普通なら、何か裏がありそうだと勘ぐりたくなる。だが、自社の社員を騙《だま》すメリットなど彼にはないだろう。

業務提携も先方から出た話で、そもそも会社の規模も知名度も、『Ａｋａｔｓｕｋｉ』と『天空閣』では比べものにならない。日本の外交を陰から支えてきた宿泊施設、しかも海外でも名高いホテルと業務提携ができれば、間違いなく恩恵を多く受けるのは父の会社のほうである。

だからこそ、ますます頭を悩ませてしまう。

「……興味を持ってもらえるような経歴じゃないし、特に成果も挙げてないんだけどね」

社長の娘であることを除けば、取り立てて特別なことは何もない。ごく一般的な社会人一年目の社員でしかなく、ホテル王と比べるべくもない。

「それじゃあ、佳純ちゃんに一目惚《ぼ》れとか！」

「お義母《かあ》さん！」

ふたり分の珈琲《コーヒー》を持って現れたのは義母である。カップをテーブルに置いた義母は父のとなりに座ると、うっとりとした様子で語った。

「うふふっ、佳純ちゃんはとっても美人さんだもの！　香坂さんが一目惚れしたのかもしれないわ」

年齢を感じさせない無邪気な台詞《せりふ》と笑みに、佳純の肩から力が抜け落ちる。

（お義母さんと話してると癒やされるなあ）

同性の目から見ても、義母は可愛らしい人だ。顔立ちもそうだが、周囲を明るくする性格と柔和な微笑《ほほえ》みは、一緒にいてとても和む。

佳純は、亡き母譲りの艶やかで癖のない黒髪に、黒目がちの大きな瞳を縁取る長い睫毛《まつげ》、女性らしい曲線を描く体型なども相まって、美しいと評されることもしばしばだ。『黙っていれば』というひと言がつくのが玉に瑕《きず》だが、褒められれば素直に嬉《うれ》しい。

しかし香坂湊斗は、まったく違う次元にいると思える。入社式で一度だけ目にした彼は、まさしく『王』の異名にふさわしい貫禄《かんろく》だったから。

「お断りするにしても、一度だけ会ってみたら？」

義母は朗らかに笑いながら、釣書に目を向ける。

「会社の社長さんだし、お会いする前に断るのも気まずいんじゃない？」

「たしかに……」

もっともな義母の意見に、佳純は唸《うな》る。

業務提携の話が出たのは、『天空閣』の実績を総合的に判断したからで、自社の社員が社長の娘だとは思わなかったのだろう。

けれど見合い話は違う。佳純が『Ａｋａｔｓｕｋｉ』に勤めていると知ったうえで持ちかけられている以上、顔も合わせないのはさすがに礼を失する。

（どっちにしても、面倒な事態になったな……）

自社の社長の妻になるなど荷が重く、自分に務まるとは思えない。それに、現実離れした美形が夫では、さぞ気苦労が絶えないに違いない。

学生時代からとある趣味に余暇の大半を費やしている佳純は、恋愛や結婚に気を向けるよりも、好きな仕事や趣味に没頭していたいタイプの人間だ。

美形は二次元で愛《め》でるもの。それが信条である。

「わかった。お断りすることを前提に会うだけ会ってみるね。それで義理は果たせるだろうし」

「それなら、先方にも伝えておこう」

明らかに安堵《あんど》した様子の父に、はたと気づく。

「あっ、断ったからって提携の話が駄目になったりしないよね？」

「一応、そういうことはないと言質《げんち》は取っている。その辺は気にしなくていい」

父の言葉で、今度は佳純が胸を撫《な》で下ろす。業務提携は、父の会社にとって大きなチャンスだ。『Ａｋａｔｓｕｋｉ』の顧客はセレブも多いため、通常の披露宴よりも割高となるゲストハウスウエディングであっても選択肢に入れるはずだ。

（……あとで、お見合いの上手な断り方を調べておこう。あっ、そうだ！）

「お見合いって、着物で行かなきゃ駄目なの？」

「いや、そう堅苦しい感じでは考えていないと先方は言っていた。まずはふたりで会って、親交を深めていければという話だった」

「よかった。それなら、普通の格好で大丈夫だよね」

これで、着慣れない装いをして粗相をする心配もない。あとは、相手に失礼のないように断るだけだ。

佳純は自分を納得させると、久しぶりの実家で寛ぐのだった。


その後。改めて父から連絡があり、見合いの日程が決まった。仕事をしていると時間はあっという間に過ぎていき、心の準備が整わないまま当日を迎えることになった。

先方は佳純の勤務体系を考慮して、平日の昼間を指定した。彼もまた、普通の会社員のように、土日祝日に休めるというわけではなく、こちらに合わせて休みを取ったようだ。

（やっぱり、正直に結婚は考えてないって伝えるべきだよね）

待ち合わせ場所のホテルへ向かう道すがら、佳純は脳内でぐるぐると考えを巡らせた。

当然だが、職場とは違うホテルである。館内にはアフタヌーンティーが有名なラウンジがあり、ひとりなら絶対に足を運んでいた。今日のところは諦めなければならず、それだけが残念でならない。

（まあ、これも社会勉強だと思えば気持ちが楽だけど）

『Ａｋａｔｓｕｋｉ』で働く社員として、社長の仕事に対する姿勢を聞いてみたい。

義母にそう話したところ、『それはもうお見合いじゃなくて研修じゃないかしら』と苦笑されてしまった。だが、若くして『ホテル王』とまで言われている人物と話せる機会などなかなか持てない。ましてや、一社員でしかない佳純には望むべくもないだろう。

今日は、春らしいクリーム色のスプリングコートを羽織《はお》り、白のストレートスカートにシャーリングの入ったサテンのブラウスを合わせた。オンでもオフでも問題ない、シンプルで上品な装いである。

（う、ちょっと緊張してきた）

目的のホテルに到着し、エントランスに入ったところで一度足を止めた。たまたま目に付いた円柱に背を預け、軽く深呼吸をする。

スマホで時間を確認すれば、約束の二十五分前。少し早く着きすぎてしまった。

パウダールームでメイクを直すことも考えたが、佳純はぼんやりと行き交う人々を眺めて気持ちを落ち着けようと決めた。

待ち合わせ場所には、十分か十五分前に着くのが妥当だ。それまでは、このホテルを観察し、少しでも何かを吸収できればいい。

見合いということはひとまず置いて館内に目を凝らしていると、不意に庭園を見渡せる大きな硝子《がらす》窓に目が吸い寄せられた。庭にいたのは、遠目から見てもわかる長身と日本人離れした頭身の男性だ。隙なく黒のロングコートを着こなすその姿は、おいそれと近づけない圧を感じる。

（あの人は……！）

弾かれたようにエントランスを離れた佳純は、庭園へ続く扉から急ぎ外へ出た。

コートの裾を翻し、先ほど見た人物を探していると、早咲きの桜の木の下で佇《たたず》んでいる姿を発見する。

（なんて綺麗《きれい》なんだろう）

彼が身に纏《まと》う黒のスーツと、桜の淡いピンク、それに空の青さが見事に調和していた。雅やかな庭園にふさわしい上品な佇まいは、まさしく上流階級の人間のそれである。

しばし見蕩れていたとき、ふと彼の視線がこちらへ向いた。

春の陽光に目を細めるその表情にすら、鼓動が大きく鳴り響き、そこでハッと我に返る。

（美形って怖いわー……そんなつもりなくても、つい見入っちゃう）

彼に歩み寄りながら考えた佳純は、態度に表さないよう留意しつつ、折り目正しく頭を下げた。

「……本日お時間を頂戴した三好佳純です」

「ああ」

一瞬目を見開いた湊斗は、すぐに頷いてみせた。

「香坂湊斗です。待たせたようで申し訳なかった」

「いえ。少し早めに着いたのですが、たまたまお見かけしたので追いかけてきました」

「俺もきみと同じで、早く来て館内をぶらついていた。仕事ではないはずなのに、ついいろいろ見てしまうのは職業病だな」

淡々と語る彼の声は、心地よい低さで耳に馴染《なじ》む。美形は声でまで人を魅了するのだと、佳純は妙な感心をしてしまう。

（お見合いをする理由が、ますます謎だわ）

内心でこっそりと思いつつ見上げると、彼は腕時計に目を落とす。

「少し早いが、店に入って話そうか。和洋中のレストランか、それともラウンジで軽く食べながらにするか。どちらがいい？」

「では、ラウンジで。社長とレストランで食事なんて、緊張で喉を通りそうにないので」

「今日はプライベートだから、〝社長〟はやめてくれ。俺も、『Ａｋａｔｓｕｋｉ』の社員としてきみに接するわけじゃない」

佳純にとって彼は勤め先の〝社長〟のイメージしかなく、無意識だった。だが、言われてみれば、見合いの場で会社の役職で呼ぶのは不適切である。「申し訳ありません」と謝罪すると、湊斗は肩を竦めた。

「どうも俺は、恐縮させてしまうな。難しいかもしれないが、気楽にしてほしい」

くりくる。

「はい、わかりました」

彼の話し方——というよりも、存在自体が人の上に立つ人間に特有のものだ。

だからつい畏《かしこ》まってしまう。やはり、見合い相手というよりは、上司というほうがしっくりくる。

ラウンジは一階にあり、壁全面を占める大きな硝子窓からは、先ほどの庭園を見ることができる。

天井も高く、全体的に開放感のある造りだ。室内の装飾も、いわゆるジャパニーズモダンといわれている日本ならではの伝統的なデザインや色合いを用いており、和と自然を存分に感じられる空間だ。

「いいラウンジだな。内装も海外からのゲストに受けがよさそうだ」

案内されて席に座った湊斗は、まずそんな感想を口にした。

職業病とはよく言ったもので、おそらく彼はホテルでは普通のゲストのように楽しむことはないのだろう。

「今日は、どうしてこちらのホテルに?」

『Ａｋａｔｓｕｋｉ』を始めとして、都内にはハイエンドと呼ばれるホテルがいくつかある。今いるホテルはそのうちのひとつだが、彼が選んだ基準が純粋に気になった。

佳純の問いに、湊斗は「ラウンジがリニューアルしてから来ていなかったから、一度見ておきたかった」と答えた。

「えっ、それなら最初からラウンジを指定してくだされればよかったのに」

「ラウンジを見たいのは仕事上の興味で、きみとの見合いにまったく関係がない。だから、きみがこの店を選んでくれてよかった」

湊斗の台詞に目を見開く。彼ならば、自分の思うままに行動しても誰に咎《とが》められることもない。それが許される立場だ。佳純が業務提携を望む企業の娘とはいえ、『Ａｋａｔｓｕｋｉ』の優位は変わらない。

（それなのに、ちゃんと尊重してくれるんだ）

仕事柄、セレブと呼ばれる人々を見かけることがある。そういった人の中には横柄で理不尽な態度を取る人間も少なくない。チェックアウト後の部屋などひどい有様で、絨毯《じゅうたん》に酒をまき散らした挙げ句、金さえ払えばいいだろうという傲慢なゲストもいた。

多種多様な人間が仮初《かりそ》めに集うホテルにおいて、その手の話題は枚挙に暇《いとま》がない。

だが、少なくとも目の前にいる男からは、そういった傲慢さは感じられない。緊張するのは彼が社長だからで、威圧的に接されたわけではなかった。

（……さすが『Ａｋａｔｓｕｋｉ』の社長。平社員相手でも、気遣ってくれるなんて）

否と言いにくい状況で持ち込まれた見合い話だが、湊斗は自分の立場を笠《かさ》に着てどうこうするタイプではないようだ。

「わたしも、ここのラウンジには来てみたかったんです。アフタヌーンティーが評判らしいので、一度食べてみたくて」

「なら、それを頼もう」

店員を呼び注文を済ませた湊斗は、佳純と視線を合わせた。

「改めて、今日は貴重な休日を使わせて悪かった」

「えっ、いえ……社長……じゃなくて、香坂さんこそ、お忙しいのにありがとうございます。わたしの休みに合わせてくださったんですよね」

「俺もきみと同じで、休日は不規則だからな。平日の午後に時間を空けるくらいなら、たいした手間じゃないから気にしなくていい」

そうは言うが、多忙であるのは変わりない。若きホテル王は、社長の座に就いてからというもの、オフィスにいるよりも外出しているほうが圧倒的に多い。通常の業務のほかに、時間を見つけては『Ａｋａｔｓｕｋｉ』の館内を見て回っているというから驚く。

根っからの仕事人間。湊斗の話題が社員の間で上がったときは、必ず言われる言葉だ。実際に会って話した印象も、社内での評価と大差はなかった。

「お待たせいたしました」

店員が注文した品を運んできた。テーブルに並んだ三段のケーキスタンドを見た佳純は、可愛らしいスイーツに思わず顔を綻ばせる。

一段目には、いちごや食用花をトッピングされたムースやケーキがあり、二段目、三段目には、それぞれスコーンやサラダなどが美しく盛り付けられた皿が並ぶ。見るだけでも心が躍り、普段にはない特別感を味わえた。

「去年、リニューアル前に来たことがあるんですけど、前よりもメニューが豊富で食べ応えがありそうです」

「ここにはよく来るのか」

「アフタヌーンティーが好きなので。ほかのホテルのお店にも、たまに行きますね」

佳純はバッグからスマホを取り出し、フォトのフォルダからアフタヌーンティーを集めた写真を表示させた。

「記録用なので、映えていない写真ばかりですけど。この写真は、去年ここのラウンジで撮ったものです」

趣味というほどのものではないが、休日にぶらりとホテルのラウンジやカフェに行くのを息抜きにしていた。季節ごとのイベントに合わせて趣向を凝らした新メニューが出るたびに訪れては、写真に収めている。

「写真映えを意識しないのは珍しいな。SNSに投稿はしないのか」

「ええ。投稿を目的に来るわけではないので。写真に残しているのは、日記代わりなんです。だから、失敗しているものも多くて」

苦笑しつつ、彼に見えるようにしてスマホを差し出す。湊斗は「失礼」と断りを入れ、画面に映る写真を眺めている。

「ずいぶん撮りためたんだな」

「大学のころに撮ったものもありますから。バイトでお給料をもらったら、月に一度お気に入りのカフェに行くのをご褒美にしていたんです。でも、やっぱり一番好きなのは……『Ａｋａｔｓｕｋｉ』のラウンジなんですが」

「ひょっとして、うちのホテルに就職したのは、ゲストで来ていたからだったのか？」

「ええ。わたしにとっては、ちょっとした思い出の場所です」

ホテル業界に入る前から、『Ａｋａｔｓｕｋｉ』が好きだった。

母を亡くし、塞ぎ込んでいた佳純を見かねたのか、父は『Ａｋａｔｓｕｋｉ』のラウンジに連れて行ってくれた。大好きなスイーツでも食べて元気を出せ、という意図だったようだが、佳純はスイーツよりも〝ホテル〟という場所に心を奪われた。

「館内は、とてもキラキラしていて……非日常的な雰囲気を味わえました。スタッフのみなさんも笑顔でキビキビと動きまわっていたので、すごく格好よかった。制服も素敵だったから、よけいに憧れたんだと思います。今とは少し違うデザインですけど、ドアマンの制服が最高にときめきました」

「周年のときに、制服のデザインを変えているからな」

湊斗はポケットからスマホを取り出し、画面に指を滑らせた。そしてすぐにそれを佳純へと差し出す。

「前の制服はこれだっただろ。俺もドアマンのとき着ていた」

「そう、これです……！」

写真を見て、思わず前のめりになってしまった。

以前の制服は、黒の詰襟ロングジャケットに金の釦《ぼたん》がよく映えたデザインだった。ジャケットと同系色の帽子を被り、ホテルの顔として立つドアマン。湊斗が見せてくれた写真は、佳純がひと目見て憧れた姿そのものだった。

（それにしても……何を着ても似合う人だな）

容貌もさることながら、彼はモデルのような頭身と体格をしていた。制服姿だと、スーツとはまた違うストイックさを醸し出している。湊斗が出迎えてくれたなら、ゲストはさぞ眼福だったに違いない。

「ドアマンの制服もよくお似合いですね。ほかの部署の制服も着たんですか？」

「ホテルの業務は一通り研修を受けているからな。きみが今いるハウスキーピングにもいたし、フロントや営業にも在籍していた」

彼はスマホを操作し、スタッフと撮った写真を見せてくれた。

「今からもう十年近く前だ。懐かしいな」

そう語る湊斗の表情は、どことなく柔らかかった。

公の場では目にしない顔に、佳純の鼓動が小さく跳ねる。

「……いい思い出だったんですね。写真の香坂さんは、どれも楽しそうです」

「ああ。研修時代の経験が、今の俺を形作っていると思う。現場を離れていると、たまに恋しくなるんだ」

社長に就任してからの姿しか知らないが、どの部署の制服を纏っていても彼は笑顔だった。今よりもずっと親しみやすく見えるのは、おそらく表情の影響だろう。

（社長の香坂さんは、笑うイメージないしね。でも、昔もかなりモテたんだろうな）

ちらりと視線を向けると、彼は興味深そうに先ほど見せた写真を眺めている。

「よろしければ、ほかの写真もご覧になってください。全部、そのフォルダに入っているので。スイーツのほかには、日付と場所くらいしか記録していませんが」

「いいのか？」

「ええ。見られて困る写真もないですし」

実際、フォルダにあるのはスイーツのみである。

そもそも佳純の生活は地味だ。写真を撮るような場所に行くことなど、学生時代からめったにない。社会人になった今は仕事場とマンションの往復で、休日はほぼ寝ているか趣味に費やしていた。

異性との交友もほとんどなく、むしろ同性の友人と過ごすほうが気が楽なのだ。浮いた話のひとつもない娘を心配し、父はこの見合い話を持ってきたのかもしれない。

（でも、さすがに香坂さんは無理でしょ）

話しにくいタイプかと思っていたが、案外そうではないようだ。今も佳純が撮った写真を熱心に見ている。仕事の一環なのだろう。

大好きな職場のトップに立つ彼の役に立てるなら嬉しいと思う。

（それに、昔の制服の写真まで見せてもらったし。これだけでも来た甲斐《かい》があったな）

今、『Ａｋａｔｓｕｋｉ』の社長になっている彼が、現場で学んだ経験を大切にしている。それを知っただけでよかったと思えるし、日々ホテルで働くスタッフのことも大事に考えてくれるだろうと信頼できる。

佳純がほっこりしていたとき、不意にスマホを見ていた湊斗が驚いた顔を見せた。

（ん？）

「どうかされましたか？」

「いや……この写真が」

湊斗に差し出された自分のスマホを見た瞬間、思わず声を上げそうになった。

その写真には、スイーツとともに某人気少年漫画のキャラクターのぬいぐるみが写っていた。ちなみに、漫画のコラボカフェで撮影したもので、ぬいぐるみだけではなくアクリルスタンドも一緒に撮っている。

いわゆる『推し活』『ぬい撮り』と呼ばれるものだ。佳純の場合SNSにアップしたりはせず、自分の鑑賞用として写真に収めている。ぬいぐるみを撮ったときは専用のフォルダに入れているのだが、振り分けをし忘れたのだ。

(明らかに、香坂さんには馴染みのない世界じゃない……!)

「ええっと、それはですね……わたしの趣味といいますか……」

佳純のプライベートが充実している理由のひとつが、アフタヌーンティーを楽しむこと。そしてもうひとつが、二次元の推しがいることなのである。

この趣味を知っているのは家族と一部の友人のみで、同僚には言っていない。そもそも周囲に佳純が推しているキャラクターに興味を持つ人がいないのだ。

ふたりの間に沈黙が流れる。人に見せるつもりのなかった推し活写真を見られるとは、とんだ羞恥プレイである。

(でも、これでお見合いはなかったことになる……よね)

湊斗がどのような趣味を持っているのかはわからないが、おそらくオタク的なものとは縁がないはずだ。

見合いの話は湊斗側からだが、『理解できない趣味がある』のは、充分破談の理由になる。狙ったわけではないものの、期せずして当初の目的を達成したのだ。自分の趣味になんら後ろ暗いところはないため、少々複雑ではあるが。

「――三好さん」

「は、はい」

佳純は声を上擦らせ、正面にいる彼を見つめた。

おそらく次に続くのは、『この話はなかったことに』という言葉だ。見合いが失敗したとなるとお互いに気まずいから、今後も仕事はしっかり勤めると告げて早く帰ったほうがいい。

ぐるぐると脳内でこのあとの展開を考えていた佳純だが、湊斗の口から出たのはまったくの予想外の言葉だった。

「たしかこれは、妖怪だかオバケだかが出てくる漫画のキャラクターじゃなかったか？」

（え……）

「ご存じなんですか……⁉」

思わず前のめりになった佳純は、自分のスマホに写っているぬいぐるみを拡大した。

「これは、『滅亡《めつぼう》の聖戦《せいせん》』に出てくる『キノサキシジマ』というキャラクターなんです。眼鏡《めがね》をかけて知的でクールな印象ながら、いざ戦うとなると思いきり肉弾戦を繰り広げ、周囲に瓦礫《がれき》の山を築くというギャップがたまらなく……」

そこまで説明した佳純は、湊斗の顔を見て我に返る。

（やってしまった……！）

つい早口でまくし立てるように話してしまい、口を噤《つぐ》んで視線を逸らす。

普段はひとりで推し活に勤しみ、誰かと萌《も》えや感動を共有することはない。ただ、たまにのぞいているSNSで、自分と同じ推しの『ぬい撮り』をしているアカウントの投稿に〝イイネ〟を押したり、『滅亡の聖戦』で二次創作をしている好きな作家の情報を仕入れるだけで、交流などはしていない。

だから、こうして話す機会があると熱がこもってしまうのだ。気をつけてはいるものの、推しの話となると我を忘れてしまう。

（社長に自分の趣味をプレゼンしてどうするの⁉）

後悔しても、時すでに遅し、である。

肩を縮こませて顔を上げられずにいると、「そうか」と答えた湊斗は、「じつは」と話を切り出す。

「俺の妹は、この写真で『キノサキシジマ』のとなりにいる『イカルガジュウゴ』が好きみたいで、きみと似たようなことをしているな」

「似たようなこと、とは」

「旅行先にぬいぐるみを連れて行って写真を撮ったりだとか、好きなキャラクターのイラストを描いたりだとか、そういう活動をしていた」

（まさか、社長の妹さんがオタ活をしている方だったなんて……！）

ここで一気に、佳純の気持ちに火がついた。

身近にイラストを描くような人間はおらず、自身も絵心はないため、人様の創作物を閲覧するのみだった。ＢＬ漫画もあれば、原作の中で描かれなかったオリジナルの展開を披露し、作品に対する造詣を深めるものもあった。

佳純は自分の推しである『キノサキシジマ』に関する創作物を見つけては、ひとりで楽しむ日々を送っている。

「香坂さん、あの……差し支えなければ、妹さんのペンネームを教えていただけないでしょうか。ぜひ、作品を拝見したいのですが」

「そこまではわからないが、興味があるなら聞いておく」

「ありがとうございます……！」

新たな〝神作家〟と出会えるかもしれない予感に、佳純はいつになく浮かれた。『イカルガジュウゴ』は、『キノサキシジマ』の相棒と呼ぶべきキャラクターで、どちらも主人公以上に熱狂的なファンがいる。

推し活をするほど『滅亡の聖戦』に嵌《は》まっている人物だ。創作物にも、推しや原作への愛が惜しみなく注がれているに違いない。

想像して笑みを浮かべた佳純だが、そこでふたたび我に返った。

（しまった……！）

推しのことになると、つい熱く語ってしまう。佳純が『黙っていれば美人』だと言われる所以《ゆえん》である。

「も、申し訳ありません。つい、興奮してしまって」

「本当に好きなんだな」

呆《あき》れられてもおかしくないところだが、湊斗は特に気にしていないようだった。

やはり、社長となる人物は器が違う。とはいえ、これ以上趣味に興じる姿を晒《さら》すのはさすがに避けねばならない。

「お見苦しいところをお見せして失礼いたしました。ご覧になったように、わたしは休日にひとりで趣味に没頭しているだけの人間です。香坂さんのお相手としては、ふさわしくありません」

ようやく今日の目的にたどり着いた佳純は、ひそかに安堵の息を漏らす。

まったく予想外の展開となってしまったものの、もともとこの場に来たのは見合いを断るためである。

社長の妻になるような、何かに秀でた人間ではない。恋人や結婚よりも、仕事や趣味を充実させることに意義を感じている。

そう伝えると、湊斗の顔つきが変わった。それまでオフィシャルな対応を崩さなかった彼は、声音を少しやわらげた。

「きみの人となりはよくわかった。見合いを持ちかける前に、周囲に聞いた話通りだ」

「どういうことですか？」

「『天空閣』の社長の娘がうちのホテルで働いていると知ってから、きみのことを少し調べさせてもらった。上司や周囲の評判は良好だ。勤務態度も真面目で、ホテルに対して愛情があるという評価だ。周りに自分の素性を明かさなかったのも、いい判断だな。社長の娘という色眼鏡で見られない分、仕事ぶりだけを正当に評価される」

　想像していなかった話の流れに困惑する。

　先ほどの発言で、佳純に結婚する気がないのはわかったはずだ。それに、オタク趣味がバレた際の態度は、社長夫人になれるような人間でないと証明している。

　ここまでくれば、あとは彼から『この話はなかったことに』と言われるのを待つばかりなのだが、なぜか湊斗は佳純に好意的な話しぶりだった。

「俺が三好さんと見合いをしようと思った理由のひとつは周囲の評価だ。そして、今日話してみてわかった。きみは、俺にまったく興味がない。写真を見たがったのも『Ａｋａｔｓｕｋｉ』の昔の制服が目当てだったし、妹の話をしたときも反応がよかったな」

「え、ええと……」

　興味がない、というわけではない。ただ、自分とは違う世界の住人、という認識である。

彼のように存在自体がキラキラと輝く人物は、佳純にとって画面越しに見る芸能人と変わらないのだ。

「わたしの態度は、お見合いに臨むものではありませんでした。不愉快な思いをさせて申し訳ありません」

素直に非を認めて謝罪したが、湊斗は「不愉快なことは何もない」と、すぐに否定してくれた。

「誤解をさせてしまったが、俺はきみを責めているわけじゃないんだ。むしろ、裏表なく話してくれてありがたいと思っている」

湊斗の目が佳純を捉える。これまでよりも、やや感情をのせた声音で彼は続けた。

「きみに頼みがある。——俺と、期間限定で結婚してくれないか」

「……は?」

思わず間抜けな声が出た。見合いを断ったはずなのに、プロポーズされたのだから当然だ。しかも期間限定などという奇妙な提案である。

だが、目の前の男は至極真面目で冗談を言っている気配はなく、それどころかまるでプレゼンをするかのごとく説明を始める。

「今回、俺が見合いをしようと思ったのは、周りの声が煩わしいからだ。社長になってしばらくは、『今は仕事を優先したい』と見合い話も断ってきたが、さすがにそろそろ身を固めろという声が五月蠅《うるさ》くなってきた」

「でも、香坂さんはまだ若いですよね？」

「三十二だ。きみとは九歳違うな。妹は、きみの二歳上だ」

答えた湊斗は、わずかに眉をひそめた。

「二十代のころはよかったが、三十を過ぎたあたりから結婚を勧められるようになった。それでも、適当にかわしていたんだが……最近は仕事にも支障が出かねないほどなんだ」

見目も麗しい若きホテル王。その妻の座に就こうとする女性からのアプローチや、取引先の企業から持ち込まれる縁談が煩わしいと彼は語る。

「こういっては自惚《うぬぼ》れに聞こえるかもしれないが、ゲストの中にもしつこく言い寄ってくる女性がいる。正直な話、迷惑しているんだ」

「自惚れだなんて思いません。社長がいるかどうか、海外のゲストから尋ねられることもありますし」

これは本当の話だ。海外のセレブからも人気の高い『Ａｋａｔｓｕｋｉ』だが、社長の湊斗もホテルの名と同様に知名度がある。来日した際に彼に会いたいというゲストも多く、スタッフには『社長との面会はアポイントメントを取らないとできない』と説明するよう言い含められている。

「そうか……スタッフには余分な手間を取らせて申し訳ないな」

「いえ！　これもゲスト対応の一環ですから」

湊斗のような立場であれば、言い寄られることも、持ち込まれる見合い話もほかの人間よりも格段に多いだろう。他人事ながら、苦労が偲《しの》ばれる。

（中には断りにくいお見合い話もあったんだろうな）

淡々とした態度ではあるが、それでも湊斗の苦悩が伝わってくる。

「……ご心労お察しします。望まない結婚を勧められるのは苦痛ですよね」

「ああ。もちろん、身を固めることも大事なのはわかっている。ただ俺は、結婚するなら自分のタイミングでしたいと思っているだけだ」

多様性が認められつつあるとはいえ、結婚して子どもを持って一人前だという風潮も根強くある。特に彼のように、自分よりも年齢も経験もある人々と接する機会が多い立場であるほど、そういったプレッシャーに晒されているのだろう。

「だからお見合いを？」

「そうだ。人から勧められるままに見合いや結婚をしたくない。自分が納得したうえで、前向きに考えられればと思っていたんだが……きみと話して、気が変わった」

湊斗はそこで、初めてかすかに微笑んだ。

（う、わ……）

完璧というにふさわしい美形が作る微笑みは、二次元もかくやの美しさである。

思わず拝みたくなる佳純だったが、彼はそんな心境など知る由もなく、暴力的なまでに魅惑的な笑みで続けた。

「俺は、『恋人や結婚よりも、仕事や趣味を充実させることに意義を感じている』というきみの考えに共感した。だから、離婚前提の結婚を提案している。結婚といっても、今までの生活と大きく変わることはない。きみは仕事と趣味に没頭していればいい。ただ、同じ家に住んで『夫婦』の態を取るだけだ」

生活費や家賃、光熱水費など、暮らしていくうえで必要な費用はすべて湊斗が負担するという。結婚というよりは、同居というほうが近い形だ。

実家から出てひとり暮らしをしている身としては、家賃がかからないのはありがたい。入社して一年では、満足のいく給与を得ているわけではないからだ。

とはいえ、そう簡単に頷ける話ではない。

「……世の中には、そういう形で結婚する人もいるのかもしれません。でも、周囲の人を騙すことになりますよね」

「愛し合って結婚したとしても別れる夫婦もいれば、仲が冷えきっているのに表面上だけで夫婦関係を続けている人たちもいる。結局、どういう形で結婚しようとも、離婚するときはするだろう」

「それは結果論です。結婚する人たちは、最初から離婚を前提にしているわけじゃないはずです。周囲の祝福を受けて夫婦になって、それでも上手くいかないのはしょうがないと思いますが……」

そう言いながらも、佳純も結婚を真剣に考えてきたわけではない。湊斗に語ったように、仕事と趣味があれば夫や恋人の存在は重要ではないと思っている。

（実家が結婚に関わる仕事をしているのに、これでいいのかとは思うけど……）

今までは、年齢的なこともあり、結婚について真剣には考えてこなかった。いつかはするかもしれないし、一生しないかもしれない。それでいいと思っていた。

湊斗のような立場とは違い、佳純は特に結婚を強要されてはいない。おそらく今のまま年を重ねても、考え方がそう大きく変化することはないだろう。

（仕事をしていると、出会いも多くないしね）

完全シフト制で、土日祝日に休みがあるわけではない。職場は男性がいても既婚者が多く、同期はほぼ女性だ。婚活に精を出す性格でもないため、積極的に自ら行動することはなく、これからも趣味と仕事だけに没頭するだろう。

（よく考えれば、すごくいい条件なのよね）

離婚前提という契約のもとでも、リスクのない結婚生活を体験できることはそうそうない。彼との結婚生活の間に貯金をして、今後の自分の人生を考えるのも悪くないのではないか。

「……香坂さんは、わたしが相手でいいんですか？　本当に仕事と趣味しかないですし、あなたの役に立てるような人間ではありませんが」

「きみとなら、上手く生活できそうだから提案している。そうじゃなければ、こんな話は最初からしないしできない」

（たしかに、結婚が目的の人だったら、離婚前提なんて冗談じゃないって怒るかも）

湊斗には、辟易《へきえき》するほど多くの縁談が持ち込まれているのだろう。相手の女性は、彼とごく普通の――契約ではない結婚を望んでいるに違いない。

「契約期間中に、香坂さんに好きな人ができるかもしれませんよ？　そういう場合、契約で結婚したことを後悔するんじゃないですか？」

佳純は、思いつく限りの彼にとってのデメリットを羅列する。急なことで上手く思考が働かないが、通常とは違う結婚形態を選んだことで、後悔だけはしたくないし、させてはいけない。

「三好さんは、自分のことよりも人の心配ばかりしているな。たしかに、人の気持ちは簡単に変わる。だが俺は、きみと同じだ。自分の生活に恋愛を必要としていない。今ある見合い話を蹴散らす合理的な方法が契約結婚である以上、誰かほかの女性に恋をする必要はないし、夫として不実な真似は絶対にしない」

はっきりと言い放った湊斗からは、確固たる意思を感じた。

契約結婚で彼が得るメリットは、望まない縁談の回避。佳純の場合は、これまでの生活を大きく変えず、貯金ができるという点だ。

しかも、永遠に続くわけではない離婚前提の結婚だ。デメリットを挙げるとすれば、周囲の人々に契約結婚だと伝えられないこと。そして、他人と円満に暮らしていけるかという不安だろうか。

そう伝えたところ、彼は「問題ない」と不敵に言い放つ。

「俺ときみとでは、おそらく生活時間帯が違う。そう多くの時間を一緒に過ごすことはないはずだ。共用部分以外に自室もあるし、互いの生活に干渉する必要はない。それに、俺に関して言えば周りは『結婚すること』を重視している。どのような生活を送っていようと関知させない」

契約結婚はメリットが大きく、デメリットがほとんどないと湊斗は語る。

「三好さんは、俺にとって理想の相手だ。だが、きみの言っている懸念も理解できる。自分でも突拍子のない提案だとわかっているからな」

彼は強引に話を進められる立場だが、あくまでこちらの意思を尊重していた。

少し話しただけだが、湊斗はけっして衝動的な人ではない。自覚があるほど突飛な提案をするくらいに、追い詰められているのだろう。

湊斗となら、少なくとも息苦しい生活にはならないはずだ。佳純の趣味にも理解を示し、考え方にも共感してくれている。

それに、父の持ってきた縁談だ。口には出さないが、娘が結婚するのを望んでいてもおかしくはない。

（そういえば前に、お父さんとお義母さんが言ってたっけ）

佳純の就職が決まり、実家を出ることを伝えたとき、両親は、とても喜んでくれていたが、少し寂しそうだった。

『佳純ちゃんが家を出るのは、結婚するときだと思っていたわ』

『そうだな……。できれば嫁に行くまでうちにいてほしかった』

愛情に溢《あふ》れた両親の言葉が嬉しかった。けれど、結婚などまったく考えておらず、恋人もいたことがない佳純は、肩を竦めるだけだった。

『結婚なんて全然イメージ湧かないよ。たぶんこの先も、しないんじゃないかと思う。その分、お父さんとお義母さんに孝行するから』

本気でそう告げた佳純だが、両親は『ウエディング事業に携わる会社の社長の娘なのに』と笑っていた。

（だけど本当は、わたしが『結婚しないかも』って言ったのを残念に思っていたのかも）

考え込んでいると、湊斗が秀麗な顔に憂いを浮かべる。

「悪い。かなり悩ませているな」

「いえ……両親について考えていたんです。父がウエディング事業に携わっているのに、娘のわたしが『結婚しないかも』なんて言って申し訳なかったなって」

「優しいんだな、きみは。だが、子どもが親の希望通りの道を歩む必要はない。家がどうあれ、自分の生きる道を決めて働いているんだ。誰に遠慮をすることもない」

湊斗の強い言葉に鼓動が跳ねる。

選んだ道に後悔はないけれど、罪悪感や迷いがなかったわけではない。それだけに、彼が肯定してくれたのは嬉しく、心を動かされる。

(結婚は、勢いも大事だっていうしね)

若干意味が違う気もするが、要は決断力を持てという話だ。離婚をすれば両親に心配をかけるかもしれないが、円満に別れたことを強調すれば理解してもらえるだろう。

「香坂さん」

佳純は覚悟を決めると、湊斗をまっすぐに見据えた。

「わたし、ご提案をお引き受けします」

「……いいのか?」

「はい。お互いにとって悪い話ではないですし、香坂さんなら信頼できます」

「そうか……。ありがとう、感謝する」

ほっとしたように微笑んだ湊斗に、思わず息を呑《の》む。あまりに綺麗な笑みだったからだ。

（美形って怖い。そんな気がなくてもドキドキさせられる）

早急に彼の存在に慣れなければ、この先の生活が思いやられる。内心でこっそり思いつつ、平静を装った。

「これからよろしくお願いします」

「ああ、こちらこそ。三年くらい結婚生活を維持していれば、別れても周囲は納得するだろう。離婚の理由も俺が結婚生活に向いていなかったことにする。きみには無理を言っているし、俺にできることがあれば言ってくれ」

「自分で決めたことですし、気にしないでください」

「そうはいっても、引き受けてもらった以上は対価を払うのは当然だ。金銭でもいいし、昇進を望むなら口添えしよう」

「必要ありません」

湊斗の言葉を、間髪《かんはつ》を入れずに否定する。

「わたしは、何かがほしくて契約結婚を受け入れたんじゃありません。契約したからといってお金をもらうつもりはないですし、自分の力で昇進するので口添えは無用です」

対価が目当てだと思われるのは心外だ。はっきりと告げると、湊斗は「悪かった」と、あっけなく謝罪を口にした。

「真摯《しんし》に仕事に取り組んでいるきみに、失礼なことを言った」

「わかっていただければ構いません。ただ、今後のために認識を擦り合わせたほうがよさそうですね。一緒に暮らすときの決まり事とか」

「そうだな。近いうちに、契約内容をまとめよう。きみの意見も取り入れるから、要望があれば言ってくれ。別れても『天空閣』との提携は続けるし、『Ａｋａｔｓｕｋｉ』で働きづらくならないように配慮する」

契約結婚生活を円滑に送るために、しっかりふたりで話し合おうという湊斗の言葉は、少なからず不安だった気持ちを安心させてくれた。

（お見合いを断る気満々だったのに、契約とはいえ結婚することになるなんて）

人生は何が起きるかわからないのだと、佳純は身をもって体験した。


それからは怒濤《どとう》の日々だった。

まずは、佳純の両親に湊斗と一緒に挨拶した。その際に、『結婚相手は公表しない』と伝えている。これは、自社の社長と結婚する佳純への影響を考えてのことだ。

結婚したことを知らせる人々は必要最小限にし、大々的な挙式披露宴も行なわずに入籍だけで済ませると話したところ、両親は怪訝《けげん》そうだった。だが、『自分が出世したら、いずれ彼との結婚を明らかにしたい』という娘の希望を受け入れてくれた。

ただ、『ウェディングフォトだけは撮りなさい』という父と義母の言葉に湊斗も『もちろん』と頷き、後日撮影することとなった。

湊斗の両親は現在海外に住んでいるため、直接の挨拶は折を見て、という話だった。その代わりに日本にいる妹と会うことになり、佳純はそれを一番楽しみにしていたのだが――。

「……あのときは驚いたなあ」

(まさか、湊斗さんの妹が神絵師様だなんて思わなかったもんね)

湊斗から『離婚はしない』と宣言されてから三日目の朝。休日になり、佳純は自室でぼんやりとこれまでの三年間を思い返していた。

ちなみに件の妹の名前は未知瑠という。佳純のふたつ年上の美女で、趣味でイラストを描いている。『滅亡の聖戦』の二次創作に勤しみ、年に二回同人誌を発行していると聞いたときは、驚きを通り越して感動した。

なぜなら佳純は、未知瑠の作品を追いかけていたからだ。界隈《かいわい》では有名な神絵師として名を馳《は》せる彼女とは、この三年で親友のように仲よくなった。

最初はどうなることかと思った結婚生活も、蓋を開けてみれば快適という以外の感想は見当たらない。

彼とは本当にただの同居人で、互いに適度な距離感をもって生活をしている。ふたりとも、一般的な勤務体系で働いているわけではなく、特に佳純はシフト制だったため、どちらかが家にいないことのほうが多かった。

それでも、タイミングが合えば一緒に食事をすることもあったし、互いの誕生日にはちょっといいレストランで外食したりと、まるきり無関係を貫いていたわけではないが。

過去を振り返っていた佳純は、契約結婚を決めたときにふたりで交わした契約書を取り出した。非典型契約――つまり、民法で定められていない契約だ。双方の合意があって初めて成り立つもので、互いに納得したうえで契約書を作成している。

一、婚姻期間は、入籍日から三年とする。
一、婚姻期間中は、不貞に値する行為はしないこととする。
一、婚姻期間中に生活にかかる費用は香坂湊斗が負担することとする。
一、家事は双方の合意のもと分担制とする。
一、婚姻期間終了後は速やかに退居し、いっさいの金銭等の要求をしないこととする。
一、生活上で不都合が生じた場合、双方で解決策を話し合うこととする。
一、この契約は、互いの了承なしに第三者に明かさないこととする。

これらは、ふたりで話し合って決めたものだ。金銭の要求の項目は、佳純の希望で入れてもらった。金目当てで契約をしたと思われたくないし、彼と対等でいたかったから。

湊斗は佳純の希望を聞き入れ、契約項目に加えてくれた。彼の立場であれば、思うままに振る舞うこともできるはずなのにそうしなかったのは、信頼関係を築こうとしていたのだろう。

この三年間、彼との生活に息苦しさを覚えたり、嫌だと思ったことはない。それどころか、終わるのが寂しいとすら感じている。

湊斗は老舗ホテルの御曹司だからか、立ち居振る舞いが優雅で気遣いも完璧だ。同居人としては出来すぎの人物で、なおかつ『美形は二次元で愛でるもの』が信条の佳純でさえ、彼には目を奪われてしまう。二次元もびっくりの高スペックな男性である。

普通なら気後れしそうなものだが、生活は上手くいっていた。

契約結婚、しかも自社の社長が夫というあり得ない状況ながらも三年間を過ごせたのは、湊斗が友人のように接してくれたからだ。

最初は敬語だった佳純だが、『お互い家では敬語をやめよう』との提案があり、彼の前でも気楽でいられた。また、『お互いの誕生日くらいは祝わないか』と誘ってくれたりと、湊斗はとても〝いい夫〟だった。

（……それなのに、どうしちゃったんだろう？）

『離婚はしない』と抱きしめられたときの感覚が蘇《よみがえ》り、佳純は思いきり首を振る。

彼とはこれまで手を繋いだこともなければ、性的な行為もいっさいない。正真正銘、あのときが初めての接触だ。

今までの生活においての彼は、異性の同居人に対して紳士的だった。むしろ、優しすぎるほどである。

だが、あのときだけは違った。常に理性的だった湊斗の行動にしては衝動的で、それだけに困惑してしまう。

「あー、もうっ！　どうすればいいの？」

『滅亡の聖戦』キャラクターぬいぐるみに問いかけるも、推しはただ可愛らしい姿でこちらを見るのみである。

現状で、困っていることがふたつある。ひとつは、抱きしめられたせいで湊斗を意識してしまうこと。もうひとつは、離婚をしないと言われたことである。

そもそもこの結婚は、離婚前提の契約婚だ。それがなぜ、期間満了が三ヶ月後に迫った今、離婚をしないと言ったのか。

その理由を聞きたかったのに、あのときから彼とは会えていない。急な出張が入り、不在にしているのだ。

『離婚はしない。……絶対に』

『ど、どうして？』

突然の抱擁と契約変更の宣言に動揺した佳純は、声を上擦らせながら尋ねた。

しかし彼は、『本当にわからないのか？』と、ひどく落胆したように呟《つぶや》き、ため息をつかれてしまう。

よけいに理解できず、さらに問い質《ただ》そうとしたとき、彼の携帯が音を立てた。少ししためらってから電話に出た湊斗を待っていたのは、仕事上のトラブルだったというわけだ。

家から出て行くとき名残惜しそうだった彼は、『帰ってきてからゆっくり話そう』と言っていた。それから連絡はなかったが、少しホッとしている。

湊斗が帰宅したら、どんな顔で話せばいいのか。今はまだ戸惑いが強く、冷静に真意を尋ねることができそうにないのだ。

（まだ結婚生活を続ける理由があるとか？　でもそんなこと今まで言ってなかったし）

いつもは悩みがあったとしても、推しを見れば大抵は気分が晴れる。だが、今回ばかりは大好きな推しを眺めても、いっこうに気持ちが上向かない。

部屋の中は、少しずつ整理をしていたため、段ボール箱が数個積まれていた。来《きた》る三ヶ月後に備えてのことだったが、『キノサキシジマ』をはじめとする『滅亡の聖戦』の関連グッズを飾った祭壇は最後に片付けようと思っていた。

「休みは引っ越しの準備にあてようと思ってたんだけどなぁ……」

湊斗のことばかり考えて、何も手につかずにいる。

どうしたものかと、推しのぬいぐるみを抱きしめていると、テーブルの上にあるスマホが鳴った。見れば画面には『湊斗さん』の文字が躍っている。

（うわ……っ、いきなりだと心の準備が……！）

スマホを手に取ろうとするも、焦って床に落としてしまった。「ぎゃあっ」と色気のない悲鳴を上げつつ画面に指を滑らせると、低い声が聞こえてくる。

『悪い、寝てたか？』

「う、ううん！　ぼんやりしててスマホを落としちゃって」

佳純の勤務体系が不規則だから、よほどの急用でもない限り彼から電話がかかってくることはなかった。もちろん佳純も同じだ。普段の連絡はメッセージアプリが多く、互いのスケジュールは共有アプリで把握している。

『さっきメッセージを送ったんだが、既読がつかないから少し心配だった』

「えっ……心配、って」

『あれから話せていなかったからな』

彼が短く答えたとき、玄関の施錠が開いた音がした。まさかと思って部屋から出ると、帰宅した湊斗が通話を切る。

「ただいま」

「お……おかえりなさい……」

まさか彼が帰ってくるとは思わず完全に油断していた。会うのが嫌だったわけではない。ただ、心の準備がいろいろと間に合わない。

「あっ、急な出張で疲れてるよね。話ならいつでもできるし、急がなくてもいいよ？」

明らかに話し合いを先延ばしにしている発言だが、出張から戻ってきたばかりでするような話ではない。だが湊斗は、「大丈夫だ」と言い、「きみと話をするために時間を作ったんだ」と、先にリビングに行ってしまった。

『離婚はしない』という彼の真意は確かめなければならない。ただ、もう少し時間を置きたかった。ほんのわずかの会話でも顔が火照《ほて》り、湊斗を意識してしまう。

(三次元恐るべし。男の人に耐性がないのに。ああいうことはやめてほしい……！)

心の中で盛大に叫んだ佳純は、ぬいぐるみを祭壇に置いた。うだうだと考えていても始まらない。湊斗は話し合うために時間を作ったのだから、まだ契約中の身としてはしっかりと応じる必要がある。

深呼吸をし、リビングへ向かう。すると、スーツのジャケットを脱いだ湊斗がコーヒーをふたり分淹《い》れてくれていた。

「帰ってきたばかりなのに、ごめんなさい。わざわざ用意させちゃって……」

「この程度でそこまで恐縮しなくていい」

ソファに座るよう促され、おずおずと湊斗のとなりに腰を下ろす。

彼と暮らすようになり、気まずさを覚えたのは初めてだった。恋人や友人ではない男女ふたりの同居生活だったというのに、不平不満なくやってこられたのは奇跡だ。湊斗が紳士で優しかったからこそだと再確認する。

マグカップを手に、「いただきます」と告げてコーヒーに口をつけたところで、彼がおもむろに書類を取り出した。

「予想はついていると思うが、この前の話だ。俺は、この結婚生活を続けたいんだ。だから、三年前に交わした契約を破棄したい」

「どうして急に？　もしかして、何かアクシデントがあったとか？　それならもちろん協力するし、まずは事情を聞かせてもらえるかな」

湊斗が理由もなくそんなことを言う人ではないのは、この三年でわかっている。だからこそ心配したのだが、なぜか不本意そうに眉間に皺《しわ》を寄せている。

「……悔しいが、未知瑠の言っていた通りだった」

「未知瑠さん？」

「きみには、遠回しじゃなくストレートに言わないと駄目だと諭された。たしかにその通りだ。俺は、伝わっていると思って言葉にしてこなかったからな」

彼は佳純を見つめると、真剣な口調で続けた。

「俺はきみが好きなんだ。だから、このまま結婚生活を続けたいと思っている」

「え……」

（えええええっ⁉　湊斗さんがわたしを……⁉）

完全に意表を突かれた佳純は、何度も目を瞬かせた。彼が『離婚をしない』と言った理由が、思いもよらないものだったからだ。

そもそも契約上の夫婦で、お互いに〝結婚〟に対して積極的ではなかった。だからこそ、約三年間夫婦としてやってこられたのだ。

それに、彼に好かれるような行動を何ひとつ取っていない。むしろオタク全開で、『滅亡の聖戦』を湊斗に普及したりもした。部屋に作った祭壇の存在は彼も知るところで、『キノサキシジマ』の誕生日に買ったケーキを一緒に食べたこともある。

「どうして、湊斗さんみたいな限りなく二次元に近い完璧男子が……」

「……二次元って。俺は完璧ってわけじゃない。現に、きみにまったく気持ちが伝わっていなかっただろ。それとなくアピールしていたのに」

「アピールなんてされた覚えないよ？」

「だろうな」

がっくりと肩を落としている彼に申し訳なくなりつつも、少し可愛いと思う。

（でも！　恋愛経験なんてないんだから、しかたないじゃない）

胸を張って言うべきことでもないが、物心がついたときから〝憧れ〟や〝恋〟の対象は二次元だった。

高校野球を題材にしたアニメではクールなエースキャラに心惹《ひ》かれたり、異世界転生を題材にしたアニメでは主人公以外のサブキャラにかなり萌えをもらった。

人気アイドルに夢中になる友人もいれば、彼氏とデートに勤しむ友人もいた。そんな中で、佳純はひたすら推しとなったキャラクターに愛を注いできたのだ。恋愛の機微に多少疎くてもしかたのないことだ。

「湊斗さん……アピールって、たとえばどんなこと？」

「……それを本人に言わせるのか。かなり恥ずかしいぞ」

彼はあまり動揺することのない人だが、今回は本当に恥ずかしそうだ。だが、意を決したように佳純を見据えると、ぽつぽつと語り始めた。

「佳純のことが好きだと気づいたとき、最初は戸惑ったんだ。契約して夫婦になっておきながら、好きになってしまうなんてありえない、と。──それでも、地道に努力していこうと思った。きみと契約結婚のまま終わるのが嫌だったから」

そこで湊斗はさっそく行動を起こすことにした。まずは距離を縮めようと、デートに誘うことにしたという。

（ん？）

「ちょっと待って。デートって？」

「そこから説明か……。去年、『滅亡の聖戦』ファンミーティングがあっただろ。きみには、未知瑠が行けなくなったから代わりに俺が行くことになったと話したが……」

「もちろん覚えてる。未知瑠さんが、同人誌即売会に参加するから都合がつかなくなったって言ってたよね」

「本当は違う。未知瑠は即売会を欠席しようとしていたが、俺が行かせてほしいと頼み込んだんだ。いきなりデートに誘うよりも、イベントのほうが気兼ねなく出かけられるだろうと思っていた」

最初にチケットを譲ってくれと頼んだときは『絶対に嫌』だと断られたが、『佳純とデートがしたい』と正直に話したところ、渋々承諾してくれたそうだ。

「未知瑠には、俺が佳純を好きなことはバレている。だから、協力してくれたんだ」

「……でも、それをデートだって言われてもさすがに気づかないよ。未知瑠さんの代わりだとばかり思ってたし」

「一度だけならそうだろうが、その後も俺はふたりで出かけようと誘っただろう。きみが『滅亡の聖戦』関連のイベントなら一緒に行くことがわかったから、喜びそうな場所をいろいろ調べたんだ」

佳純との距離を縮めるため、ファンミーティングの後も積極的にデートに誘ったと彼は語る。

　期間限定のコラボカフェがオープンすると知ればいち早く佳純を連れて行き、アニメの劇場版が公開されたときは、ふたりで何度も足を運んだ。なぜなら、映画では一週ごとに限定グッズが配布されるからだ。

「言われてみれば、たしかに……湊斗さん、頻繁に誘ってくれてたよね。でも、てっきり『滅亡の聖戦』の魅力に取り憑《つ》かれたのかと思ってた」

「好きか嫌いかで問われたら嫌いじゃない。でも、きみや未知瑠のような熱量は持っていないな。むしろ、佳純が好きなものを理解したいという気持ちが強い」

　ごく自然に告げられて心臓が跳ねた。

　無理をして付き合わせていたのであれば申し訳ないが、湊斗が一緒に佳純の趣味を楽しもうとしてくれた気持ちは素直に嬉しい。

「ありがとう、湊斗さん。わたし、一緒に映画とかカフェに行けてすごく楽しかった。結婚するまでは、誰かと趣味を共有することもなかったから」

　周囲にオタクがいなかったし、ひとりで行動するのも苦ではない。ただ、やはり自分の趣味を理解してくれるのはありがたいし、共通の話題があることで湊斗との距離も縮まったように思う。

　新作のラバーキーホルダーがカプセルトイにあると知れば、推しが出るまで一緒にガチャガチャを回していた。何度かチャレンジしてようやく推しが出たときは、自分のことのように喜んでくれている。

夫婦というよりは、仲のいい友人のように考えていた。三年経って夫婦関係が解消されたとしても、湊斗との繋がりが切れてしまうのが寂しいと感じるくらいには、彼は佳純の生活の一部になっていた。

けれど、告白に即答ができない。嬉しさはもちろんある。しかしそれ以上に、戸惑いが大きいのだ。

「佳純」

名前を呼ばれて彼を見ると、ふっと微笑まれた。

「離婚まで三ヶ月ある。だから、その間にきみを口説《くど》く」

「えっ！」

「今までみたいに、遠回しの行動だと佳純に伝わらないことがわかった。これからは、もっと直接的な方法をとる。そこで、契約内容の変更を検討してほしい」

「変更って？」

湊斗は、ふたりで作った契約書をテーブルに置き、項目のひとつを指さした。

「『婚姻期間は、入籍日から三年とする』。この部分に、新たに書き加えたいことがある。『香坂湊斗と三好佳純が両想いになった場合はただちに契約を終了し、本当の夫婦となることとする』……どうだ？」

「どっ、どうだって言われても」

「佳純がいいと言えば、俺は全力できみを振り向かせる。離婚しないかどうかは、三ヶ月後に答えを聞かせてくれ」

湊斗は本気で佳純を想い、離婚をしたくないようだ。了承するまでは一歩も引かないという意思を感じ、混乱してしまう。

「いきなりのことで、なんて答えていいかわからないよ……」

「難しく考えなくていい。基本的に今までの生活と変わらない。ただ、佳純は俺を異性として意識してくれ。〝いい友人〟のまま三ヶ月経ったらたまらないからな」

「……意識って、具体的には?」

「まず、風呂上がりに薄着でうろうろしないこと。俺がどれだけ我慢してきたと思う。好きな女がそばにいるのに、触れることもできないんだぞ。拷問だろう」

真面目に告げられて、声を詰まらせる。

さすがにだらしない格好はしていない。ただ、夏場にショートパンツにノースリーブ姿のときに、たまたま鉢合わせをしたことがある程度だ。

「そんなこと言われたって困る……!」

佳純は無性に恥ずかしくなった。自分が彼に女性として意識され、それどころか触れたいのを我慢していると言われたのだ。こんなことを言われて平然としていられるほどの耐久力はなく、あたふたと視線を泳がせてしまう。

「その反応、やっぱり気づいてなかったんだな」

「わたしが気づかなかったのは……湊斗さんが、気づかせないようにしてくれたからだってことはわかるよ」

三年の契約で結婚して夫婦になった。これまで快適な夫婦生活を送れていたのは、間違いなく湊斗のおかげだ。もしも彼が佳純の意思を無視して迫ってくるような男性だったなら、契約結婚は破綻していただろう。

自身の気持ちを隠したうえで生活していたのは、湊斗の優しさであり誠実さだ。それもすべて佳純のためである。

今までの気遣いを知ってしまうと、申し訳なくなってくる。恋愛に耐性がないがゆえに、どうしていいのかわからなかった。

「本当は、困らせていることもわかっている。でも俺は、佳純を抱きたいしキスもしたい。夫婦として、もっと深い関係になりたいんだ」

「っ……」

彼は、佳純の動揺も戸惑いもすべて理解し、それでも契約以上の関係を望んでいる。

今までの人生で、こんなふうに気持ちをぶつけられた経験はなかった。三次元に興味はなく、推しだけがすべての世界で生きていたから。

（でも……）

「湊斗さんのことは尊敬してるし、一緒にいて楽しいよ。だけど、いきなり関係が変わるのは……正直、少し怖い」

「俺がきみを好きだと知って、嫌だと感じるか？」

「嫌なわけないじゃない……！」

佳純は思わず声を張り上げた。困惑こそすれ、湊斗の気持ちを迷惑には感じない。それは、夫婦として過ごした時間で彼の人となりを知っているから。恋愛感情でなくとも、好意を持っているからこそ、これまで一緒に暮らしてこられたのだ。

「そうか、よかった」

湊斗はホッとしたように呟くと、おもむろに佳純の手に自分の手を添えた。

「嫌がられていないならいい。これで心置きなく口説けるしな」

ぎゅっ、と手を握られてドキリとする。思わず肩を縮こませて俯《うつむ》けば、彼が耳もとへ顔を寄せてきた。

「さっき佳純は怖いと言ったが、俺はこのままきみと別れるつもりはない。まずは、俺を意識させるための取り組みとして、毎日のキスを要求する」

「キッ……⁉」

あまりにも驚き顔を上げると、端整な相貌が至近距離にあって息を呑む。

（こういうときに美形って困る）

湊斗の顔をこれほど間近で見たのは初めてだった。

言葉のインパクトが霞《かす》むほどに完璧な造形は、いつ見ても目の保養である。彼が2・5次元俳優だったなら、引っ張りだこの人気だったに違いない。しかも声までいいものだから、非の打ち所がないとはまさにこのことだろう。

手を握られているため離れることもできず、ふたたび視線を落とす。けれど湊斗は、佳純の気まずさを察しているのかいないのか、さらに追撃してくる。

「毎日三回はキスしたい」

「困るよ、そんなの……！」

「三ヶ月しかないのに、時間を無駄にできない。俺たちは土日祝日に休めるわけじゃないし、佳純のシフトしだいでは会えないことだってある。限られた時間で距離を縮めるには、直接的な接触も必要だ」

かなり真剣に語られて、佳純は狼狽《うろた》えながらも必死に考えを巡らせる。

湊斗のことは人として好きだ。こうして気持ちを伝えてくれるのも誠実だと思う。それでも、キスを毎日というのは少し怯《ひる》む。今まで佳純は、恋愛にまつわるあれこれをまったく経験していないからだ。

「……三回は、多いんじゃないかな。夫婦だって、毎日しているとは限らないし」

「むしろ俺は、五回にしようかと思っていた。きみに断られそうだから遠慮したが」

どうやら回数も、佳純に配慮したようだ。一日の回数を制限するのではなく、行為そのものをやめればいいのだが、彼にその選択肢はないらしい。

「三回が多いなら二回でいい。朝起きたときと寝る前にするとか」

「一回でいいと思う！」

「これ以上回数が少なくなると、要求が過激になるけどいいのか？」

意味ありげな台詞だが、湊斗が本気でそう言っているのは理解している。彼は駆け引きをするタイプではなく、ハッキリとした物言いを好んでいる。人を試すような真似をしないから、その人柄に好感を抱くのだ。

（ああ、もう！）

提案は悩ましいが、突っぱねるのも難しい。恋愛感情は抜きにして、湊斗を好きなことに変わりはないからだ。

夫婦として過ごした時間は、〝情〟を育てるに充分だった。

「わかった。キス……二回ね」

真摯に告白したうえで、結婚生活を続けたいと言ってくれた彼の気持ちは嬉しい。だから自分も、今の気持ちに正直でいたいと思った。

関係が変わることへの恐れも戸惑いもあるが、それでも一歩を踏み出そうと前向きになれる。それは、湊斗と過ごした三年間で築き上げた信頼感だ。

「……ん、わかった。二回だな」

佳純が承諾すると、湊斗の口角が上がった。

不敵な微笑みにドキリとする。今までにこんな表情を見たことがなく、なぜだか罠《わな》にかかった心地で彼を見つめた。

「湊斗さん？　あの……」

「やっぱり嫌だ、というのはなしだぞ」

「え……」

意味を問おうとしたもののできなかった。湊斗に唇を塞がれたからだ。

「んん……っ、ぅ」

ぐっと後頭部を引き寄せられ、逃れようもなくキスを受け止める。彼の唇はやわらかく、ただ触れ合わせているだけなのに気持ちいい。

初めてのキスにドキドキしていると、舌先が唇の合わせ目から侵入してきた。ぬるついたそれに頬の裏側を舐《な》められてぞくりとする。

「ん、っ……」

生々しい感触に戦《おのの》く間にも、彼の舌は佳純の口腔《こうこう》を這《は》いまわる。ぬるぬると上顎に舌先を擦り付けたかと思えば喉の奥に突き入れられて、なす術もなく翻弄された。

呼吸すらままならず、無意識に湊斗の胸を押し返す。けれど彼はびくともせずに、さらに深く求めてきた。

(頭の中、真っ白になる……!)

彼の舌が能動的に動くほど、奇妙な高揚に襲われる。口の中がこれほど敏感だとは夢にも思わなかった。アニメ、コミック、映画など、いろいろな創作媒体でラブシーンを見てきたが、実際のキスは今まで触れてきた世界とはまったく違っている。

「は……苦し……」

息継ぎの合間に呟けば、湊斗はどことなく嬉しそうに額同士をくっつけてきた。

「ちゃんと息をしろ。窒息するぞ」

そう言いながらも、息をつく暇を与えずに再度口づけてくる。

今度は両手で頬を包み込み、素早く舌を割り入れられる。舌を搦《から》め捕られると、くちゅくちゅと唾液が交わる音が鳴り響く。

「ん、ぅ……っ」

耳の奥に刻まれる水音が恥ずかしい。それなのに、彼とのキスは気持ちよかった。これは、今まで佳純が知らなかった初めての経験。つまり、快感を覚えているのだ。

学生時代からかなりの作品数を読んできたが、キスだけで感じるのはただの演出なのだと思っていた。ラブシーンをより色っぽく見せるために、あえて現実ではそうそうない現

象を取り入れているのだろう、と。

しかし、佳純の認識は見事に覆された。

(こんな……信じられない……)

口内を彼に舐《ねぶ》られると、身体の奥が熱くなる。悪寒に似た感覚が背筋を走り、なぜだか追い詰められているような気分になった。

湊斗のキスは、涼やかな態度からは想像できないほど淫らだ。上顎からやわらかな舌裏までたっぷりと舐めまわし、そうかと思えば擦り合わせてくる。うねうねと蠢《うごめ》く様は奇妙な生物に思え、体内が彼に侵されていく感覚を覚えた。

ようやく唇が解放されるころには、力が入らなくなっていた。

茫然《ぼうぜん》としつつ呼吸を整えていると、湊斗が自身の口の端を舌で舐めた。

「きみとのキスで危うく理性が飛びそうになった。今まで我慢してきた弊害だな」

「……が……いよ」

「ん?」

「キスが……長いよ……!」

佳純は思わず叫んだ。まさか、こんなに長い時間をかけてキスをするなんて考えていなかった。唇や頰に軽くする程度だと想像していただけに、あまりの違いに混乱する。

「けど、一回は一回だろ」

「口が離れた時点で、一度目は終了だと思う」

「さっきの話では、時間の話は出なかったよな」

「たしかにそうだけど、毎回こんなふうだと……」

思い出すだけで顔が火照るほど、濃厚でいやらしいキスだった。三ヶ月の間、毎日のように長時間されると、何も手につかなくなりそうだ。

ところが佳純の抗議を聞いても、湊斗は改めるつもりはないようだった。

「さすがに朝は控えるが、夜や休日は一度のキスに時間をかける。それくらいしないと、佳純は俺を意識しないだろ」

「充分してるってば」

「まだ全然足りてない。目標は、『キノサキシジマ』と同等、もしくはそれ以上に、佳純を夢中にさせることだ」

堂々と宣言した湊斗が、甘やかな眼差しで見つめてくる。

契約結婚終了まで残り三ヶ月を前にして、人生が大きく変化するだろうことを予感する佳純だった。

2章　本気で口説くから

東京都千代田区《ちよだ》で創業し、百年を超える日本屈指の老舗ホテル『Ａｋａｔｓｕｋｉ』は、本館十七階、別館三十二階からなる建物で、双方へは連絡通路で行き来することができる。本館と別館を合わせて客室は九百を超える。その他、宴会場が三十、結婚式場は三カ所あり、大抵のイベントを取り仕切ることが可能な収容人数を誇っていた。

また、直営レストランは和洋中併せて十店舗、テナントも同数の店が入り、海外のゲストからの様々な食のニーズに対応している。まさしく、日本を代表する宿泊施設だ。

佳純に『離婚をしない』と宣言して三日後。湊斗は、自社ホテルのメインダイニングで食事をとっていた。

といってもプライベートではなく、仕事の一環である。レストランは季節ごとに新作を考案し、メニューに取り入れるかの裁定がある。代表取締役社長を務める湊斗に最終的な決定権が委ねられていることから、各レストランから請われて食事をすることが多い。

要は試食会なのだが、従来は会議室や社長室に皿を運ばせていたところを、湊斗が社長になってからは直接店に足を運ぶことにしている。これは、営業中の雰囲気や、スタッフの対応などを観察するためでもある。

今日、メインダイニングの個室には、湊斗のほかにふたりの人物がいる。ひとりは、妹の未知瑠。もうひとりは、古瀬《こせ》一馬《かずま》。湊斗の二歳年上で社長秘書を務める男である。

新メニューの試食の際は、このふたりとレストランを訪れることが多い。未知瑠は海外の系列ホテルで研修を受け、今は『Ａｋａｔｓｕｋｉ』で営業部に所属。新たなメニューを考慮してイベントを企画することも多々あった。

古瀬は実家が寿司《すし》店を営んでおり、舌も肥えている。直営店のシェフらの信頼も厚いことから、試食に同席させるのが常だった。

「では、後日レストランには新メニューの可否をお伝えいたします」

食事が終わり、三人で意見を擦り合わせると、古瀬が話を締めくくる。未知瑠は「お願いします」と上品に笑みを浮かべ、ちらりと湊斗に目を向けた。

「ここからは休憩時間ってことでいいかしら？」

「ああ。何か話があるのか？」

「わたしが兄さんに話があるって言えば、佳純ちゃんのことに決まってるじゃない！」

「古瀬のこともよく話すだろ」

「もう、茶化さないでよ」

公の場では見せない膨れ面をした未知瑠に、肩を竦める。

妹は、佳純と意気投合し、ふたりでよく出かけている。主に『滅亡の聖戦』関連のイベントだが、それ以外にも互いに家を行き来するほど仲がよかった。ちなみに秘書の古瀬に想いを寄せ、付き合ってくれと告白しては断られるのがお約束のようになっている。

「佳純ちゃんに離婚しないでくれってお願いしたの？」

「した」

簡潔に答えた湊斗に、古瀬が驚く。

「したんですか？　社長が？」

「離婚したくないんだから、頼むのは当たり前だろう」

湊斗と佳純が三年契約で結婚したのを知っているのは、未知瑠と古瀬の二名である。

関わりが深いこのふたりに契約を隠し通すのは難しかったため、入籍前に佳純に相談したところ、『湊斗さんの妹さんと秘書さんなら、秘密は守ってくれるはずだから問題ありません。わたしも一緒に説明します』と申し出てくれた。

そこで四人で会う場を設け、秘密を明かしたのだが——話を聞くや否や、このふたりはかなり佳純に同情していた。

『本当に離婚前提でいいのか』『社長にいいように利用されているのでは』などと心配する始末だ。

佳純は『同意のうえだから』と焦って説明していたが、未知瑠も古瀬もなかなか信じずに、『脅されて困っているなら相談に乗る』とまで言うものだから、湊斗はひそかに頭を抱える羽目になったのだ。

「おまえたちは、俺への誤解がひどいんだよ」

「えー？　それは兄さんが、女性に対して冷たいからじゃない。人を好きになっただけでも驚きなのに、自分で持ちかけた契約を破棄したいとか言うし。兄さんとの付き合いが長い身としては、どうかしたのかって思うじゃない」

「これに関しては、未知瑠さんの意見に同意します。そもそも契約結婚の件も、てっきり社長が自分の立場を盾に彼女を脅したのだとばかり思っていましたし」

「だからおまえたちは、いったい俺のことをどんな冷血漢だと……」

「あのころの社長は、それくらい女性に嫌気が差していらっしゃいましたので」

いっさいの遠慮がない古瀬の台詞に返答できず、言葉を呑み込む。たしかに、彼の言う通りだからだ。

佳純に契約結婚を持ちかける半年ほど前から、湊斗はとある女性からしつこく言い寄られていた。

端整な容姿と老舗ホテルの代表取締役社長という立場もあり、もともと女性からのアプローチは後を絶たなかったのだが、件の女性はかなり湊斗にご執心で、周囲も眉をひそめるほど所構わず付き纏われた。

厄介なことに、その女性はホテルのスイートを年間契約しているお得意様で、世界的に有名なイタリアのデザイナー、エルヴィーノ・ペッレグリネッリの娘だったのである。

しかも、ウエディング事業の目玉にしようと、エルヴィーノにドレスのデザインを交渉している最中だったものだから、なおさら時期が悪かった。

こちらが強く断れないのをいいことに、湊斗を独占しようとした。ゲストと親密な関係になることはないと断っても聞き入れず、エルヴィーノを介してデートに誘ってくるような女性だった。

「あの女の態度は、今思いだしても腹が立つわ」

「……佳純には言うなよ」

つい口止めをすると、古瀬が目を見開く。

「彼女に言っていないんですか？　契約結婚を決めた一番の理由ですよね？」

「俺の結婚について、周囲が騒がしいとは言った。見合い話も頻繁に持ち込まれて、仕事をするうえで煩わしいと言ってある」

佳純に語った契約結婚の理由に嘘《うそ》はない。ただ、しつこく言い寄ってくる女性に辟易していたことはあえて伝えていなかった。

妙な提案をしたうえに、女性のひとりも上手くあしらえないというのは情けなかったし、一応ゲストである以上、あまり先入観を持たせたくなかったのもある。

佳純はハウスキーピングの所属だ。滞在客の部屋を清掃する場合もあり、エルヴィーノの娘と顔を合わせる可能性はゼロではない。ゲストに予断を持って接することは、彼女も避けたいはずだ。

「兄さんって、仕事第一にしか考えてなかったじゃない。だから、人を好きになれたのが意外なのよね。わたしは、兄さんが離婚しても佳純ちゃんと友達だからべつにいいけど」

「おまえのほうが、俺よりも佳純と仲がよさげなのが納得できない」

「当たり前じゃない！　わたしたちには共通の趣味があるもの。それに、兄さんは彼女にとって『契約相手』でしょ。同じ作品の推しを愛する仲間とはそもそも前提が違うわ」

ふふん、と得意げな顔をしつつ、未知瑠は続ける。

「『天空閣』との業務提携も上手くいって、一般のゲストだけじゃなくドラマや映画の撮影で使いたいって問い合わせも増えてるし。兄さんの当初の予定通りじゃない」

未知瑠は、実の妹だけあって容赦がなかった。

実際、湊斗は女性に対して素っ気ない態度を取っていた。持ち込まれる縁談に辟易し、エルヴィーノの娘の猛攻に耐えかねていた。朝昼晩や休日にも関係なくメッセージアプリに連絡が入り、ひどいときには社長室にまで押しかけてくるのだから無理もない。

湊斗も年齢なりの経験はしてきたし、女性との付き合いもそれなりにあった。だが、年を重ねて望むのは、『負荷のかからない生活』だった。仕事で疲弊し、プライベートでも神経をすり減らす真似はしたくなかった。

（だから、佳純の気持ちはよくわかる）

彼女の望みは、『仕事と趣味に没頭できる環境』という非常にシンプルなものだ。恋愛や結婚に重きを置いておらず、ひとりだとしても人生を楽しめる女性だ。

それは、湊斗も同じだった。第一に考えるのは仕事、そして、自分の時間の充実だ。佳純のように、心血を注いで打ち込む趣味はない。強いて言えば、仕事が趣味みたいなものだ。余暇であろうと、考えるのは常に『Ａｋａｔｓｕｋｉ』の稼働率をいかに伸ばしていくかで、父から受け継いだホテルを自分の代でさらに大きく発展させようとしている。湊斗の中で恋愛や結婚の優先順位は限りなく低かったし、佳純の言動からも同様の価値観を感じた。だからこそ、契約結婚を提案したのだ。

（でも、佳純を本気で好きになってしまった）

自ら『離婚前提契約婚』を望んでおきながら、今さら覆すなんてどうかしている。それでも彼女を手放すことを考えれば、どれだけみっともなくても前言など撤回する。それほどに、湊斗の生活において佳純は必要な存在になっていた。

「離婚はしない。この三ヶ月で佳純に思い留まってもらえるよう努めるさ」

古瀬と未知瑠へ宣言すると、彼らはやはり意外そうだった。

「社長がそこまでおっしゃるなら、陰ながら応援だけはいたします。彼女が好きだと浮かれている社長を見るのも面白いですし」

「……おい」

「わたしは、佳純ちゃんの気持ちがすべてだと思う。いくら兄さんが本気で告白しようと、離婚したいって言われたらそれまでだしね。だって、兄さんの地位とか財産とかまったく興味なさそうだし、子どもがいるわけでもないしね」

ふたりは湊斗に対し、忌憚《きたん》のない意見を述べる人間だ。ゆえに、心に突き刺さる。

（キスを受け入れてくれたからといって、浮かれている場合じゃないな）

毎日キスがしたい、という湊斗の希望を佳純は受け入れてくれた。その時点で、三ヶ月後への希望はある。彼女は好きでもない男と気軽にキスをするタイプではないからだ。

今朝も出がけにキスをねだったら、なんだかんだと言いながら応じてくれた。恥ずかしそうにぎゅっと目を閉じている姿は、非常に可愛らしかった。思い出すだけで、頬が緩んでしまうほどに。

とはいえ、この状況に甘んじているわけにはいかない。

佳純には嫌われていないだけで、異性として意識されているわけではない。それは自覚している。

（地道に口説くしかないな）

始まりが契約だっただけに、道は険しい。そもそも、恋愛も結婚も重要視していない者同士が仮初めに同居していたのだ。まずは、『恋愛対象として見てもらう』こと、『湊斗を好きになってもらう』ことから始めなければいけない。

「……兄さん、聞いてるの？」

「ああ、佳純のことを考えていた。……どうすれば意識してもらえるんだかな」

思わず漏らした声に、未知瑠が爆笑する。

「やだ！　古瀬さん、聞いた⁉　あの兄さんが、恋愛関係で悩む日が来るなんて！」

「しっかりと聞きました。女性嫌いとすら噂《うわさ》されていたのに、奥様を振り向かせようと今さら悩むなんて面白……いえ、とてもいい変化だと思いますよ」

「……おまえたち、面白がっているだろう」

眉間に皺を寄せて問えば、未知瑠はまだ笑いがおさまらない様子で頷いた。

「だってねえ？　モテすぎて困ってるような人が、初めて恋をした思春期の男の子みたいなこと言うから」

「なんでもスマートにこなす社長が、奥様が相手だと上手くいかないんですね」

口々に言うふたりだが、反論は控えた。未知瑠も古瀬も、もともと契約結婚をすると明かしたときから懐疑的だった。離婚を前提としているのだから、彼らの反応はごく当たり前のものだ。

契約などせず、普通に結婚していればよかったのだが、それは今だから言えることだ。あの時点で湊斗は、誰かと一生添い遂げるつもりはなかった。もちろんそれは、佳純も同じだろう。

前向きに考えるなら、この三年は恋をするための準備期間だったともいえる。擬似夫婦となり、同居することで彼女の人となりを知っていき恋に落ちた。恋人も結婚も必要ないとすら思っていた湊斗にとって、恋をするのに必要な時間を契約で手に入れたのだ。

「俺のことはいい。それよりも、おまえたちこそどうなんだ」

これ以上、面白がられるのを避けようと、湊斗は話題を変えた。

「古瀬を振り向かせるのは、当分先の話みたいだな」

「失礼ね！　古瀬さんの気持ちしだいよ。結婚を前提に付き合ってって、いつも言ってるのに聞いてくれないんだもの」

未知瑠は古瀬に片想い中である。湊斗が社長に就任し、秘書として就くことになった古瀬に一目惚れした妹は、それから果敢に告白を続けている。一向に想いが実る気配がないにもかかわらず、心が折れない妹の姿にひそかに感嘆していた。

「というか、あまりしつこくしても迷惑だろう。ほどほどにしておけよ」

兄らしく釘《くぎ》を刺したところで、古瀬が口を挟む。

「私はべつに、未知瑠さんを迷惑だと思ったことはありませんよ。ただ、『イカルガジュウゴ』という推しが一番だとおっしゃるので、お付き合いはできないと言ったまでです」

「そうなのか？　初耳だ」

どうやら秘書も妹も、湊斗を介さずに会っているようだ。仕事上の接点はほぼないため、個人的な付き合いがあるのだろう。

（意外だな）

古瀬は未知瑠からの告白を長いことあしらっていた。本人いわく、『創業者一族のお嬢さんとお付き合いなど畏れ多い』という話だったが、心境の変化があったのかもしれない。

ちらりとふたりを見やれば、未知瑠は「推しは推し！　三次元で一番は古瀬さん！」と力説しているし、「二次元も三次元も一番じゃないと嫌なんです」などと言い合っている。なんだかんだ言いながらも、仲がいいようだ。

（佳純が三次元で一番だと言ってくれるなら、俺はそれで構わないが……）

同じ人間であれば嫉妬しそうだが、彼女の推しは二次元だ。日々の癒やしであり元気の源でもある存在に、あれこれと言うのは狭量である。

「社長は、気にならないんですか？　三好さんの一番になれないことを」

秘書の問いかけに、「三次元の一番になれたらいい」と答えた湊斗は、少しだけ複雑な心境になった。佳純にとっての〝一番〟になる前に、まず〝男〟として意識させなければならないからだ。

だが、並々ならぬ愛を推しへ捧《ささ》げているところを見るに、彼女はとても愛情深い。今は『キノサキシジマ』だけに向けられている感情の半分でも自分に与えてくれるなら、それだけでいいと思える。

「痴話喧嘩《ちわげんか》はほどほどにしておけよ」

腕時計に目を落とした湊斗は立ち上がった。「おまえたちはまだ休憩していろ」と言い置き、先にレストランを出る。

妹の恋愛事情などこれまで興味はなかった。古瀬を追いかけているのも一過性の感情だと軽く考えていたし、仮に恋人になったとしても長くは続かないと思っていた。結婚がしたいなら別の人間がいるだろうと、それとなく諭したこともある。

（でも、そういうことじゃなかったんだな）

これまで湊斗は、合理的ではないことを避けてきた。恋という事象はもっとも合理性に欠けているし、生きていくうえで必要ではなかった。

けれど、佳純を好きだと気づいてからは明らかに意識が変わった。ものの考え方や見え方にまで影響を及ぼしている。もちろん、いい方向にだ。

（佳純は今度いつ休みだったかな。……デートに誘ってみるか）

以前は、自分だけがデートのつもりになって、佳純にはまったくそのつもりはなかった。今回は同じ失敗をしないためにも、言葉にしなければならない。

『滅亡の聖戦』関連以外では、どこへ連れて行けば喜んでくれるのか。いや、そもそもただのデートに誘ったとして、承諾を得られるのか。

女性に対してあれこれと考えを巡らせるような真似を自分がするとは予想外だ。

湊斗は自身の変化に苦笑しながらも、悪い気分ではなかった。

＊

湊斗とキスをするようになって数日。

仕事から帰ってきた佳純は、そわそわと落ち着かない気持ちでマンションの自室にいた。

（今日は早く戻るって言ってたし、きっと、キスする……よね）

彼は自身が宣言した通り、毎日欠かさずキスをしてきた。湊斗よりも早く家を出るときはしないが、その分は夜に二回キスをする。それも、かなり長めに。

朝、彼が早く出る場合には、玄関で『行ってきます』と軽く口づける。それでも、無性に恥ずかしくてドキドキする。これまでただの同居人だったのに、いきなり新婚夫婦のような甘い雰囲気を出されるのだ。困惑も戸惑いもするのは当然だった。

（でも、嫌じゃないんだよね）

湊斗は、『好きだ』と表情や態度にかなり表している。それがくすぐったくもあり、照れくさくもある。

だからか、最近は彼を前にすると挙動不審気味だ。今までどうやって話していたのか思い出せず、ひとりであたふたとする日々である。

(『意識させる』って言われたけど、もう充分してると思う！)

彼の告白で思考が占められ、キスをされると何も考えられなくさせられる。本当は、湊斗の気持ちに真摯に向き合わなければいけないのに、どうすればいいかもわからないままこの数日を過ごしていた。

「こういうとき、経験値が少ないと困る……」

これまで恋人もいたことがないまま結婚し、三年間を何事もなく過ごしてきた。それが、突如訪れた初めての恋愛イベントで、上手く対応できないのだ。

キスをするとき、湊斗はとても優しい顔をする。離れるときはひどく名残惜《なごり》しそうで、そんな彼を見ていると胸が高鳴る。一緒に暮らしていながら今まで知らなかった表情を見つけるたびに、視線が惹き寄せられた。

(今までこんなことなかったのに)

学生時代や社会人になってからも含め、三次元で誰かに心を惹かれたことはない。だからこれが恋なのか、告白やキスをされて意識しているだけなのかの区別がつかない。

推しに対してとは明らかに違う感情に戸惑っていたときである。

「佳純、ちょっといいか？」

ドアのノック音とともに、湊斗の声が聞こえた。

（えっ、湊斗さん⁉）

急いでドアを開けると、彼はスーツではなく私服に着替えていた。いつもなら帰ってきたらすぐに気づくはずなのに、思考に耽《ふけ》っていたせいでわからなかったようだ。

「おかえりなさい！」

「ただいま。そろそろ大丈夫かと思って声をかけたんだ」

「え？　なんのこと？」

「『滅亡の聖戦』アニメの第三期に向けて、一期と二期の再編集版の放送って今日だったよな？　リアルタイム《リアタイ》視聴で見るって楽しみにしていたから、邪魔しないようにしていた」

「あ……」

（うわあああ……っ！　忘れてた……っ！）

アニメの放送が頭からすっかり抜け落ちていた佳純は、思わずその場で頭を抱えた。

こんな失態は今までなかった。録画もするし円盤も購入するが、アニメは常にリアタイ組である。ＣＭの間はＳＮＳで感想や考察をチェックしては頷き共感し、本編放送中は瞬きひとつすら惜しむほど作品に集中していた。

今回は、本編に新規カットが挿入されるとあり、情報が公開されたときから放送日を心待ちにしていたのだ。

にもかかわらず湊斗から告白され、毎日キスをされ、それまでの生活に大きな変化が生じた。佳純の人生において経験のない事態が頻発しているため、キャパシティがオーバーしている。

「佳純、どうした?」

「だっ大丈夫!」

リアルタイムで視聴せずとも本来は問題ない。ただ、『滅亡の聖戦』沼に嵌まって以来、ほかのことに気を取られてアニメを見忘れたことはなく、自分自身に驚いている。

(いろいろあったんだし、混乱してもしかたないよね。うん)

自分自身に言い聞かせていると、湊斗に顔をのぞき込まれた。

端整な顔が間近に迫り、心臓が早鐘を打つ。

今日はまだキスをしていなかったから、おそらく今からするのだろう。そう思うとよけいに緊張して身体が固まった。

初めてするわけでもないのに、毎回なぜかありえないほどドキドキしてしまう。みっともなくうろたえるのは恥ずかしいのだが、それでも湊斗が嬉しそうにしていると自分の羞恥など些細《ささい》なものだと感じるから不思議だ。

ぎゅっと目をつむると、自然と肩に力が入る。彼に口づけられるときはいつもそうだ。けれど、ゆっくりと身体の強張りを解くような深いキスをされているうちに、いつしか夢中になってしまう。

湊斗の手のひらが頬に触れる。ぴくりと身じろぎすると、ふ、と唇に吐息がかかった。彼の唇の感触は、すでに覚えている。このあとはきっと、時間をかけて口づけられるに違いない。終わるころにはひとりで立っていられなくなりそうだ。

想像してますます鼓動が速くなった佳純だが、少し待っても彼の唇は自分のそこへ触れなかった。その代わりに、なぜか湊斗は額同士をくっつけてくる。

「うん、熱はないようだな」

（え……？）

目を開けると、まだ至近距離にいた彼は「顔が赤かったから」と言いながら、佳純の頬を優しく撫でた。

「……熱は、ないから平気」

「そうか、よかった」

ふっと微笑まれた佳純は、勘違いに気づいて内心身悶《みもだ》えた。

（てっきりキスをされると思ってた……恥ずかしい！）

これではまるで、期待していたみたいだ。自覚すると、なおさら恥じ入ってしまう。

心の中で激しく狼狽《ろうばい》していると、湊斗は安堵したように目を細めた。

「明日は休みだろう？　予定がなければデートしないか」

「デート……？」

「きみには、はっきり言わないと伝わらないからな」

改めて宣言された佳純は、「うっ」と喉を詰まらせた。

ただでさえ湊斗を意識して挙動不審になりかけているのに、こうして攻めてこられるとたじろいでしまう。

ゆっくり、しかし確実に、湊斗は距離を縮めてくる。まるで、逃がさないとでも言われているような心地だ。まさか自分が彼に求められる日が来るなんて思ってもおらず、まだ信じられない気持ちもある。

ただ、彼はそんな佳純の心を先回りしていた。〝デート〟だと強調するのも、湊斗を男として意識させる一環なのだろう。

（でも……）

ふたりの関係はごく限られた人間しか知らないため、周囲に結婚を悟られないように注意を払っている。ふたりきりでの外出は極力避け、ホテル館内で偶然顔を合わせても個人的な会話はいっさいしないよう徹底していた。

それなのに、無防備にふたりで出かけていいものだろうか。ちらりと湊斗を見遣れば、

「心配はいらない」と、すべてを理解しているように頷かれた。

「俺としては、周囲に佳純が妻だと明らかにしたい。でもそれだと、きみの仕事に影響があるから下手な真似はしないさ。それに、うちのホテルから離れた場所ならそうそう知り合いにも会わないだろう」

佳純の懸念を先回りして湊斗が言う。口説くと宣言している以上強引な手段を用いてもおかしくないのに、こういう気の回し方をする人だから居心地がいいのだ。

(本当に、出会ったころから変わらないな)

契約した妻に対してもかなり気遣ってくれたが、告白されてからはそこに甘さが加わっている。普段は近寄りがたい雰囲気を持つ人なのに、自分にだけ好意も露わに微笑まれると胸がときめいてしまう。

「……湊斗さんって、二次元並みのスパダリだよね」

「それは褒められているのか?」

「もちろん！　容姿端麗のホテル王なんてそれだけでハイスペックが過ぎるのに、気遣いまで完璧とかどんな超人ですかって感じじゃない？」

「俺に聞かれても困る」

苦笑した湊斗は、伺うように佳純を見つめた。

「それで、デートするのはＯＫなのか？」

「当たり前じゃ……あっ！」

承諾しようとした佳純は、あることに気づいて絶句した。

明日は、何よりも楽しみにしていたイベントがある。しかも初日だ。自分の休みとイベントの日が重なったのはかなりの幸運で、だからこそ逃してはならないと思っていた。

(でも、忙しい湊斗さんが誘ってくれたんだし……だけど……)

ぐるぐると脳内でせめぎ合いを続けていると、湊斗はおもむろにスマホを取り出した。

突然の行動に首を傾げたとき、「そうか」と納得したように呟く。

「コンビニで、『滅亡の聖戦くじ』が発売されるのか」

「……そうなんですよね」

「どうして敬語なんだ」

おかしそうに言いながら、湊斗がスマホの画面を佳純に見せた。そこには、コンビニくじの賞品が、A賞からD賞まで表示されていた。今回狙っているのは、『キノサキシジマ』の新規イラストを使用したアクリルスタンドである。

これまでのデザインとは違う服とポーズで、くじの情報が出たときは未知瑠と一緒に興奮した。ちなみに彼女は仕事のため、オンラインでくじを引くらしい。毎回『滅亡の聖戦』関連のくじは人気で、コンビニではすぐに売り切れてしまうからだ。

「発売の開始時間は、午前十時になっているな。なら明日は、コンビニに寄ってくじを引いてからデートに行けばいい」

ごく当然のように告げられて、目を丸くする。

「いいの……？」

「べつに、たいした手間じゃないだろう。それに、佳純が推し活に力を入れてきたのはこの三年間見てきてよくわかっている。趣味に夢中になっているきみも含めて好きになったんだから、今さら驚かない」

「湊斗さんって……神の化身……？」

推し活に縁遠い人であれば、呆れられてもおかしくはない。それなのに彼は、佳純の行動を否定せずに受け入れてくれている。

高スペックで懐の深さと器の大きさを兼ね備えた人物などそういるものではない。二次元を通り越してもはや神ではなかろうか。思わず拝みたくなるほどである。

「あまりハードルを上げないでくれ。俺は神でもなんでもない。ただきみに好かれたくて必死なだけの男だ」

「う……」

愛情を多分に含んだ声だった。聞いているだけで胸が高鳴るほどに。

頬がどんどん熱くなる。こんなふうにストレートに好意を示されると、どうしていいかわからない。

彼の顔が見られずに視線を泳がせれば、不意に顎を取られた。

強制的に視線を合わせられ、ふたたび「うう」と唸り声を漏らす。けれど、狼狽する佳純を見た湊斗は、妙に嬉しそうだった。

「佳純、俺を見ろ」

「無理……湊斗さん、顔がよすぎるし」

「何を今さら。三年も一緒に住んでるんだし、見慣れてるだろう」

「だって今まではただの同居だったし……顔を合わせたときは、湊斗さんはかっこいいな、っていつも思ってたよ。けど……」

「けど？」

佳純の顎に指をかけたまま、湊斗が首を傾げる。キスをするときのような体勢になり、追い詰められているような気にさせられた。

告白をされるまでは、こんなふうにドキドキはしなかった。彼にとって自分は契約上の妻でしかなく、自分にとっても湊斗は三年間限定の同居人だった。つまりは、お互いに恋愛に発展するような相手ではなかったのだ。だから、安心していた。

しかし今、湊斗から向けられる感情は、明らかにこの三年で感じられなかったものだ。いや、まさか自分が彼から好かれるなどと夢にも思わなかったため、好意に気づかなかっただけなのだろう。

湊斗のことは異性として見るわけにはいかなかったし、そもそも雲の上の人物だ。ホテル王という異名を持つ若き経営者と平社員とでは住む世界が交わることはなく、恋愛対象として見るには現実味がなかった。

それが、なぜか湊斗に告白されたことで、半ば強制的に意識させられている。まるで、画面越しに眺めていた芸能人が、自分の傍らにいるような心地だ。

「……とにかく、湊斗さんの顔は恐ろしく整ってるの！　至近距離で直視したら誰だって動揺すると思う！」

この状態でキスをされたら、どうなってしまうかわからない。

なんとか距離を取ろうとした佳純だが、湊斗のほうが一枚上手《うわて》だった。顎から手を離したかと思うと、素早く腰に腕を回された。

両腕で身体を囲い込まれ、否応なしに密着する。心臓がありえない速さで鼓動をかき鳴らし、発熱したかのように顔が火照った。

「湊斗さん……どうしたの……？」

「俺のことを意識し始めた佳純が可愛いから、抱きしめたくなった。今キスすると止まれなくなりそうだから、ちょっとだけこのままでいいか？」

「う、うん……」

彼の腕の中で頷くと、肩に顔を埋められる。

キスをされると何も考えられなくなり、くらくらと目眩《めまい》がするような状態になるが、抱きしめられるとまた違う感覚に襲われる。彼の匂いやぬくもりに包まれて、どうしようもなく胸が高鳴るのに、同じくらいに安堵する。

（いつの間にか、湊斗さんのそばにいると安心できるようになってたんだな）

契約による夫婦関係とはいえ、三年間一緒にいた。湊斗と過ごした時間は、自分の中にしっかりと根付いているのだと改めて感じる佳純だった。


翌日。湊斗と一緒に少し早めの朝食をとった。

ふたりの休日が重なるときには恒例になっていたことだが、最近は彼と顔を合わせるたびに妙に照れくさい。つい視線を逸らすのだが、やはり気になってチラリと見てしまう。

怪しげな行動を繰り返していると、気づいた彼が噴き出した。

「きみはわかりやすいよな。こんなに反応してくれるなら、もっと早く告白するべきだったと思うよ」

「っ、着替えてくる！」

湊斗の視線に晒されると、朝から心臓に悪い。このところずっと鼓動が忙しなく、彼のことばかり考えている。

（そうだよ……服だって、こんなに悩むことなかったのに）

彼が『デート』だと強調するものだから、何を着ていけばいいのか悩む羽目になった。さすがに普段着で湊斗のとなりを歩くのは申し訳ないし、かといってデートコーデなど思い浮かばない。

結局、去年のセールで買っていたボリュームネックのニットにコーデュロイのタイトスカートを合わせ、その上にノーカラーのコートを羽織った。

出勤時は早朝のこともあり、退勤時は夜半の場合もあるため、冬はデザインよりも防寒がメインの服装になる。ホテルに着いてしまえば制服に着替えるのだから、ファッションは二の次というのが佳純のスタンスだ。

学生時代もお洒落よりも推し活に勤しんでおり、社会人になってからも私生活に変化はなかったというほうが正しい。

だが、湊斗と結婚し、未知瑠と接するようになってから洒落っ気も出すようになった。というのも、『推しに恥ずかしくない綺麗な自分でいたい』という彼女の考えに共感し、たまにふたりでショッピングをするようになったからだ。

（湊斗さんと結婚して、わたしもだいぶ変わったんだな）

『Ａｋａｔｓｕｋｉ』に入社したころは、まさか自分が社長と契約結婚をするとは夢にも思わなかったし、それどころか告白されるなんて畏れ多くて考えすらしなかった。

推し活をしていれば幸せだった人生だが、湊斗がいてくれるおかげで得られる幸福も間違いなくある。

（……わたしは、湊斗さんをどう思ってるんだろう）

嫌いではない。むしろ好きだ。そうじゃなければ、キスなんて受け入れられない。それでも、彼と同じ想いを抱いているのか自信は持てず、だから頭を悩ませている。

「お待たせ、湊斗さ……ん」

準備を終えてリビングに戻ると、彼もちょうど出かける用意を済ませていた。

スーツでいるところを見ることが圧倒的に多く、オフィシャルなシーンでは絶大な帝王感を放っているが、私服だとまた印象が違う。

（か……っこいい……！）

無地のニットにロングコートというシンプルな出で立ちだが、スタイルのよさが際立っている。ラフな分いつもよりも少し若く見え、それもまたギャップがあった。

立っているだけでも、その他大勢に埋もれることは決してない。まさしく目の保養だ。

美人は三日で飽きるというが、湊斗のことはいつまでも見ていられる。

「どうした？」

無言で凝視していると、怪訝そうに問いかけられる。佳純は慌てて首を振った。

「湊斗さんって、モテまくるだろうなって思って」

「また脈絡がないな」

ふっと笑った湊斗が歩み寄ってくると、佳純の額を軽く小突く。

「モテないとは言わないが、好きなやつに好かれなければ無意味だろう?」

佳純に好かれたいというかのように、彼の視線が注がれた。思わず顔を逸らしたけれど、意味のない行動だ。いくら湊斗から目を背けても、彼のしぐさが、声が、表情が、惜しげもなく恋情を伝えてくる。

「そういうところだよ、湊斗さん!」

「ん? どうして怒られるんだ」

「ただでさえドキドキするのに、色気まで出されたらどうしていいかわからないよ」

「へえ?」

口角を上げた湊斗は、次の瞬間、唇へ触れるだけのキスを落とした。

「俺をもっと意識して、俺のことだけしか考えられなくなればいい」

不敵な顔で堂々と宣言されて、佳純は照れくささと恥ずかしさでその場から走り去りたくなった。もちろんそんなことはできないため、ひとりで唸り声を上げるのみである。

一方、彼はというと、佳純が動揺している姿を満足そうに眺めていた。先ほどの言葉通りの状況になりつつあることを喜んでいるようだ。

「準備もできたし、行くか」

湊斗に頭を撫でられて、小さく返事をする。

（わたし、今まで油断してたんだ）

夫婦だけれど契約でしかなく、家族でも恋人でもない。それなのに、湊斗のそばにいても危機感はまったくなかった。彼が、安心させてくれたからだ。

だから、全力で口説きにこられると太刀打ちできない。

（もっとスマートに対応できればいいのに）

佳純は恋愛スキルの低い自分を恨みつつ、湊斗とともに家を出た。

まず向かったのは、くじが発売されるコンビニである。マンションの下の階にも店舗はあるのだが、あいにく今回発売するくじを扱っているのは別の系列店だった。

「ごめんね、湊斗さん。寒いのにつき合わせちゃって」

目当ての店への道すがら謝罪する。普段の彼は車での移動が多く、今日もコンビニに行かなければ外を歩くことはなかったはずだ。

しかし湊斗は、「どうして謝るんだ」と不思議そうに続ける。

「佳純と一緒に歩けて俺は嬉しいが」

「う……今日はそういうのナシ！　湊斗さんはわからないだろうけど、甘い言葉を言われるたびにわたしの心臓に負荷がかかるんだから」

「それは困ったな。早く慣れてくれ」

湊斗はくすくすと笑いながら、佳純の手を取った。指を絡めて握られて、思わず叫びそうになる。

(手……っ、手を繋いでる……！)

もちろん、彼と手を繋いで歩くのは初めてだ。これまでふたりで出かけても、〝友人〟の距離感で、気兼ねなく過ごしていた。

そもそも、限られた人たちにしかふたりが結婚したことを知らせていない。もし仮に職場の人間に知られれば、佳純の仕事に影響するだろうというのが理由だ。

これまでの距離感であれば、たとえ目撃されたとしても言い訳ができる。だが、手を繋いでいてはそれも無理だ。

「湊斗さん……」

「きみの言いたいことはわかる。コンビニに行くまでの間だけだ」

彼は佳純がたじろぐほど迫ってくるかと思えば、自分の気持ちだけを押しつけずに慮ってくれる。こういう人だから、契約結婚であっても過ごしやすかったのだ。

「デートなんだし、気にしないでいいよ」

佳純はそう言うと、彼の手を握り返した。すると湊斗は、驚いた顔を見せる。

「いいのか？」

「三年前のわたしの立場だと、バレたらいろいろ言われたと思う。でも今は、あのときよりも仕事を任せてもらってるもの。仮に結婚がバレたとしても、湊斗さんのコネで入社しただなんて言わせない」

結婚当初、佳純はまだ入社して一年だった。ようやく仕事にも慣れてきたころで、自社の社長と結婚するなんて、今後のキャリアを考えればリスクしかなかった。たとえ努力のうえで昇進しようと、『社長の身びいき』だと評価されるのは目に見えていた。

しかし、三年という月日を経た今、自分の力でキャリアを重ねているという自信がある。

「湊斗さんの結婚相手にしては、わたしじゃちょっと物足りないだろうけどね」

若きホテル王のパートナーならば、もっと華やかな経歴の女性がお似合いだ。自分が彼にふさわしいとは思えない。だが、それでも——好きだと伝えてくれた彼の気持ちは、大切にしたかった。

「佳純のこういうところが好きなんだ、俺は」

彼は繋いでいるほうの手を持ち上げると、佳純の指先にキスを落とした。

（えええ⁉　湊斗さんって人前でこういうことする人じゃ……って、そもそも熱烈に女の人を口説くタイプでもないよね？　どうしちゃったの？　湊斗さん！）

言葉にならない声を心の中で叫んでいると、湊斗が楽しげに笑った。

「三年前に契約したときも今も、きみは前向きに物事を捉えている。離婚しないと俺が言って戸惑っているくせに、キスもデートも許してくれるし」

「だって、それは……」

「きみの優しさにつけ込んでいる自覚はある。でも、諦める選択肢はないんだ」

強い意志を感じさせる湊斗の台詞に、ドキリとする。

どうしてそんなに好きでいてくれるのか。理由を聞こうと口を開きかけた佳純だが、彼の視線が前方へ向く。

「あれ、くじ目当ての人たちじゃないか」

湊斗の言うように、コンビニ前のスペースに十数人の集団がいた。

そわそわと店内を窺《うかが》っている様子に、お仲間が集まっているのだと佳純は悟る。人気絶頂の作品とあり、出遅れればあっという間にくじが売り切れてしまう。

「湊斗さん……行きましょう」

繁忙期の客室稼働率を見たときのような厳しい顔つきで湊斗を見上げた佳純は、毅然《きぜん》と一歩を踏み出した。

「ああ、ここからは神頼みだな」

なぜか噴き出した湊斗を不思議に思いながらも、はたと気づいて告げる。

「話の続きは、あとでゆっくりしようね。わたし、まだ、湊斗さんに言いたいことがいっぱいあるから」

「了解」

彼はつけ込んでいると言っていたが、そんなことは微塵《みじん》も思っていない。それに、急激な関係の変化に戸惑いはあるが、キスもデートも嫌ではなくむしろ嬉しい。

けれど、そんな複雑な気持ちを伝えるにはこんな道ばたでは少々憚られる。佳純は彼の想いを大切にしたいと思いながら、ひとまずコンビニへと向かうのだった。

＊

（どうしてこんなに佳純は可愛いんだ？　俺は理性を試されているんだろうか）

コンビニで無事にくじを引き終えると、湊斗は佳純を連れてカフェを訪れた。

ベイエリアにあるホテル内に新たにオープンした店舗で、彼女が喜ぶだろうと思ってデートの場所に決めている。

「うちのラウンジも素敵だけど、ここも雰囲気があっていいね……！」

案の定、佳純は初めて来た店に浮かれている。彼女は感情も表情も豊かで、端から見てもわかりやすい。普段気の抜けない立場に置かれている湊斗にとって、腹の探り合いをしなくていい相手は貴重だ。

喜んでいればもっと喜ばせ、笑顔にさせたいと思う。実際、彼女が望むならなんでも叶《かな》えたいとすら考えている。

（でも、佳純は俺に何も求めないんだよな）

契約を持ちかけたときからそうだった。

『わたしは、何かがほしくて契約結婚を受け入れたんじゃありません。契約したからといってお金をもらうつもりはないですし、自分の力で昇進するので口添えは無用です』

はっきりと言い放つ佳純に思わず見蕩《みと》れた。今なら、あのときからすでに彼女に惹かれていたのだと理解できる。

「それにしても、湊斗さんのくじ運の強さにはビックリした。まさか、狙っていたアクスタが手に入るなんて思わなかったよ」

「昔から、この手の運はいいみたいだ。神社のおみくじとか、ビンゴ大会とか」

先ほどのコンビニでは、佳純の希望により湊斗がくじを引いている。すると、一度で彼女の目当ての品を引き当てたため、かなり感謝されている。

「やっぱり神……。〝持ってる〟って、湊斗さんみたいな人のことをいうんだね」

言いながら、表情を改めた佳純は、意を決したように話し始めた。

「さっき、コンビニに行くとき言っていたけど……わたし、湊斗さんにつけ込まれてるなんて思ってないからね。だけど、どうしてそんなに想ってくれてるのかわからない。好かれるようなこと全然してないのに」

本当に理解できないと言わんばかりに告げられて苦笑する。

彼女の自己評価は高くない。卑下しているのではなく、自分が恋愛対象に見られるはずがないと考えている節がある。

惚れた欲目を抜きにしても佳純は美人だ。それに、性格もいい。古瀬の情報によれば、湊斗と契約結婚する前に同じ部署内の男に告白されたことがあったという。

（佳純は断ったようだが……もしも強引に迫られていたらどうなっていたかわからない）

ほかの誰にも彼女を渡したくない。ただ、この想いを上手く言葉にできる自信は正直に言ってまったくない。

もともと湊斗自身も、恋愛は不必要だと考えていた人間だ。だから、積極的に女性を口説く真似をしたことが今までなかった。

自分から動かずとも言い寄ってくる女性は後を絶たず、その中から条件に合う人間と付き合っていた。恋だ愛だという甘ったるい感情ではなく、極めて合理的な理由でしか恋人を作らなかった。

（でも、佳純は違う）

「上手く伝わるかわからないが、聞いてくれるか？」

湊斗は自分の心の中を見つめながら、目の前の佳純へ語り始めた。

佳純と契約結婚をして半年が経ったころ。予想以上に順調な生活を送っていた湊斗だが、仕事が多忙を極めていた。『天空閣』との業務提携に伴い、好感度の高い男性タレントを起用してプロモーションを行なおうとしていたところ、不祥事が起きたのである。

それもただの不祥事ではなく不倫だ。結婚式場をアピールするのに一番あってはならない醜聞だった。

男性タレントの主演が内定していたドラマとタイアップして『天空閣』をアピールしようという企画だったが、一瞬にして白紙になった。

パンフレットはすでに作成していたし、コマーシャル撮影も控えていた。タレントの事務所からは賠償金が支払われたものの、この企画は社長案件、つまり、湊斗が主導していたものだ。なおさらお蔵入りさせるわけにはいかず、一から企画を立て直すことになる。

このときは、正直余裕がなかった。ホテル王などと呼ばれているが、ただ必死なだけでまだ自分の求める成果を挙げてはいない。加えて、若き社長の足を掬《すく》うべく手ぐすねを引いている輩にも注意を払わなければならない。

――疲れたな。

日付が変わるころに帰宅し、リビングのソファでぼんやりとしていた。唯一気を抜けるのがひとりで自宅にいるときだ。だが、佳純が同じ家にいる以上はあまり寛ぐべきではない。彼女は契約相手であり、自社の社員だ。社長が気を抜いた姿など見たくないだろう。

結局は、どこにいても休まることはない。ため息をついた湊斗が、自室で休もうと立ち上がったとき。

「あっ、湊斗さん、おかえりなさい」

リビングに佳純が入ってきた。

彼女に「ただいま」と答えた湊斗は、ほんのわずかにくすぐったい気分を味わった。夜も更けているというのに、まさか起きていると思わなかったのだ。

「じゃあ、おやすみ」

本来なら互いの近況を報告し合うところだが、疲れきった今の湊斗はなんでもないフリをするだけで精いっぱいだった。

そうそうに自室へ引き上げようとする。だが、佳純は「ちょっと待って」と、湊斗を引き留めた。

「疲れているときは、温かい飲み物でも飲んでから寝たほうがいいよ。作ってくるから、部屋で飲んで」

「……どうして俺が疲れていると思うんだ？」

「だって、表情とか声の感じが全然違うから。それに、こんなに遅くまで仕事をしてて、疲れてないわけないし」

けろりと言って笑った佳純を見て心臓が跳ねた。

湊斗はそうそう周囲に好不調を悟られる真似はしていない。近しい人物、たとえば古瀬や未知瑠であっても、疲労や機嫌の悪さを指摘されはしなかった。

「きみは、意外と鋭いな」

「意外とはよけいだと思う！　……でも、小さいときから人の顔色とか機嫌に敏感だったの。母を病気で亡くしたのも影響してるんだろうけど」

佳純の実母は病がちで、彼女が幼いころはすでに病室で過ごすことが多かったという。父親は仕事で忙しかったし、休日は見舞いにあてていたため、幼少時は寂しい時間を過ごしたようだ。

「昔から、父や母の顔色を窺っていたんだよね。いい子でいたかったのもあるし、父や母を煩わせるわけにいかなかったというか」

幼いなりに両親を気遣い、なるべく彼らを安心させようと努力したと佳純は語った。百点を取ったときに喜んでくれたから、特にテストには力を入れて勉強に励んだという。病床の母はそれを知ると、笑顔で褒めてくれたそうだ。

「きみは、優しいんだな」

ぽつりと呟くと、佳純が小さく首を振る。

「両親がいないときは祖母が面倒を見にきてくれてたけど、やっぱり寂しかったよ。誰にも言えなくて……なんでお父さんもお母さんもそばにいてくれないんだろうって、ひとりで泣いてたこともあったしね」

つらい記憶だろうに、母親のことを話す佳純は穏やかだった。思い出という箱の蓋を開き見せてくれたのは、同居人として認めてくれているからだろう。

湊斗自身もまた、こんなふうに心を明かしてくれる異性はいなかった。類い稀な容姿で目立つ存在だったため、常に恋愛対象として見られ、純粋に友人として接してくれる女性がいなかったのだ。

佳純は契約上の妻だから、友人とは呼べないかもしれない。しかし、彼女ともっと話がしたいと湊斗は思った。彼女との会話は言葉の裏を探らなくてもいい分気楽で、ホッとできるものだった。

「話が逸れちゃったね。よけいなお世話かもしれないけど、湊斗さんはいつも気を張ってるように見えるから……せめて家では、リラックスしてもいいんじゃないかな。わたしは契約上の妻だけど、湊斗さんとは同志みたいなものだと思ってるし、信用してるよ」

だから、湊斗にも信用してほしいと佳純は言う。疲れたときやつらいときは隠さずに、頼ってくれてもいいのだ、と。

そんなふうに考えたことはなく、虚を突かれたように彼女を見つめた。

『Ａｋａｔｓｕｋｉ』の社長子息として、幼いころから常に人目に晒されてきた湊斗は、気の抜き方を知らずに育った。自分の振る舞いがホテルの評価にも繋がるのだ――その意識を持って生活をしろと言われてきた。

後継者としての自覚を強く求められ、湊斗自身もそれが当たり前だと思っていた。だから、家族の前であっても完全に気を抜くことはなく、『Ａｋａｔｓｕｋｉ』を継ぐ者としてふさわしい人間であるよう振る舞った。

――俺は、『社長の香坂湊斗』でいることに疲れていたのか。

佳純はそのようなつもりで声をかけてきたわけではなく、純粋に体調を心配してくれただけだ。けれど湊斗にとって、これまでの自身を振り返るきっかけになった。自分でも気づかぬうちに疲弊していたことに、彼女との会話で気づいたのだ。

「……話をするのは大事なんだな」

合理的な考え方しかしてこなかった湊斗は、思いがけない着想にひとり唸る。

必要最小限の接触のみでも、生活は成り立つ。だが、彼女ともっと関わりたいと感じた。契約上は必要ないし、合理的でもない。それでも、佳純の気遣いは湊斗の心に届いていた。

「ありがとう。きみの言うように、なかなか人前でリラックスできない性分なんだ。でもこれからは、家の中でくらいは少し気楽にしようと思う」

「うん、了解。じゃあ手始めにホットミルクでも飲む？」

「そうだな……きみも一緒に飲まないか？」

何気なく誘うと、佳純が目を瞬かせる。

「いいの？　ひとりのほうがよかったら、気を遣わないでいいよ？」

「大丈夫だ。――俺も、きみを信用していないわけじゃないんだ。そのあたりの相互理解を深めるために、もう少し話したい」

湊斗の提案を快く承知すると、佳純はさっそくホットミルクを作ってくれた。

このときに彼女が作ってくれたミルクの温かさは、一生忘れないだろうという予感がした。


「――今思えば、これが、佳純を意識するようになったきっかけだ」

話し終えた湊斗は、どこかすっきりとした気分になっていた。

今まで自分の中で育てていた想いを彼女に伝えられた安堵と、スタートラインに立てた高揚でいつになく興奮を覚える。

佳純はどこか信じられないというように目をぱちくりとさせ、湊斗を見つめている。そんな表情すら可愛いと思うのだから、恋とは恐ろしいものだと内心で苦笑した。

「きみは俺にとって必要な人だ。格好つけずに、素の自分を出せる唯一の存在だと言っていい。だから俺も、佳純にとってそういう存在になれればいいと思っている」

湊斗にとって優先すべきは、『Ａｋａｔｓｕｋｉ』の安定した経営状態を作ることだ。

それ以外はどうでもいいとすら考えていた。

自分の恋愛や結婚にさえも、冷静な判断を下していた。佳純に契約を持ちかけたのも都合がよかったからで、恋をするつもりはなかった。

しかし、湊斗は自分自身でも予想外の経験をしている。まさか、ひとりの女性を特別に思うような非合理的な感情が芽生えるとは想像していなかった。

佳純と過ごす時間は、ありふれた言葉で言うならばホッとする。飾らない自分でいても受け入れてくれる彼女に、どれだけ救われたかしれない。

父から社長の座を継いで五年が経つ。その間に『ホテル王』などと大仰なあだ名をつけられる程度には業界において知名度を得たが、いつしか感情が動かなくなっていた。

すべて計画のうえで行動し、何に対してもどこか冷めていた。だから、推しに対する熱意を持った佳純が羨ましく、自分とは正反対の生き方をする彼女に惹かれたのだ。

ぽつぽつと語った湊斗に、佳純は心底驚いているようだった。

「わたし、湊斗さんがそんなふうに思ってくれてたなんて全然気づいてなかった。人のことはよく見ているつもりだったのに……」

「恋愛に意義を見出していなかったから結婚したんだし、きみは俺を恋愛対象に見ていないから当然だ。逆に、俺の気持ちに気づいていたら同居しづらかっただろう」

佳純の状況は理解している。もともと契約で縁を持った以上、湊斗の想いを見抜けなかったとしてもしかたがない。

それでも、デートに誘ったりそれとなく好意を匂わせたのは、自分の気持ちを知ってほしいと思ったからだ。

佳純と恋人になり、新たな関係を築きたい。それが湊斗の願いであり、必ず実現させようと誓っている。

「ありがとう、湊斗さん」

少し照れくさそうな笑みを浮かべた佳純は、湊斗と視線を合わせた。

「わたし、湊斗さんに想ってもらえるような素敵な女性じゃないよ。でも……湊斗さんの告白が嬉しいって思ってる。だから、ちゃんと考えるね。真剣な気持ちに、あやふやな態度でいたくないから」

それは、現状で考えられる最良の答えだった。

恋愛に意義を見出していなかった佳純が、湊斗の想いを知って〝未来〟への可能性を検討しようとしているのだから。

（まずいな……嬉しすぎる）

人目のない場所だったなら、彼女を抱きしめていた。喜びのままにキスをして、佳純の意識を全部自分に向けようとしていたはずだ。

口にはできない不埒《ふらち》な欲望を湛《たた》えて見つめていると、佳純が不思議そうに湊斗を見た。

「湊斗さん、嬉しそう……」

「それはそうだろ。佳純が俺に向き合おうとしてくれてるんだから」

正直に告げたところ、彼女は照れくさそうに視線を泳がせた。何をしても可愛く見え、気を抜くと触れたくなってしまう。

(今晩のキスで歯止めが利かなくなったらまずいな)

「そ、そうだ！」

湊斗の視線を感じたのか、佳純がどことなく落ち着かない様子で話題を変えた。

「今日はわたしの行きたい場所ばかり付き合ってもらったし、今度は湊斗さんの行きたいところに行こうよ。どこがいい？」

「それは、またデートに行ってくれるってことか」

「デートっていうか、お出かけというか……お礼？」

「佳純とふたりで出かけるなら、俺にとってはデートだな」

本心を告げた湊斗の飾らない台詞は、またしても佳純を照れさせたようだった。彼女は「いいから好きなところは？」と、強引に話を戻す。

「そう言われても、なかなか思い浮かばないな」

何か行動を起こす場合、明確な目的を持っている。たとえばカフェに赴く場合は他社の視察を兼ねてだし、レストランで食事をする際もメニューやスタッフの立ち居振る舞いをチェックしている。

湊斗の行動はすべてにおいて仕事に直結し、それが当たり前の生活だった。特に疑問すら持たずに、『Ａｋａｔｓｕｋｉ』に人生を捧げてきた。

だが、佳純を好きになった今は、仕事だけの人生では物足りないと思える。彼女と同じ時間を共有することが、湊斗の幸福となっているのだ。

「俺は、あまり自分が何を好きだとか、何をしたいとか考えたことがなかったんだ。ホテルを継ぐことは幼いころから決まっていたし、そのために生きてきた」

「でも、何かない？　『大好き！』って感じじゃなくても、ちょっと好みだな、とか、こういう場所に行きたかったな、でもいいし」

「そうだな……」

湊斗の視線が、何かを探すように周囲へ向く。すると、ふと思い浮かんだのは、先ほど彼女と行ったコンビニで見た『滅亡の聖戦』グッズだった。

「動物園がいい」

「えっ」

「さっき、きみの推しがパンダのかぶり物をしたグッズがあっただろ。俺は子どものころに行った動物園で、パンダの前から動かなかったらしい」

まだ妹が生まれる前。両親に連れて行かれた動物園で、湊斗がたいそうはしゃいでいたと聞かされたのは、社長に就任する直前。父母が海外へ渡航するときに身内で開いたパーティの席だった。

パンダの前で『帰りたくない』と泣いて嫌がったのだ、と、楽しそうに明かされて気恥ずかしい思いをしている。

「まったく覚えていなかったから、両親がねつ造したのかと思ったんだ。でも、証拠として動画を見せられてな」

「それ、未知瑠さんが喜びそう」

「ああ。さんざん笑い倒されたうえにからかわれた」

「いいなあ……湊斗さんの子どものころの動画なんて、お宝だと思う」

羨ましそうに呟く佳純は、本当にそう感じているようだった。「未知瑠さんに頼んでみようかな……」などとブツブツ言っている彼女は、『キノサキシジマ』について語っているときと同様に周囲が見えていない。

正直、子どものころの動画など見せたくないが、自分のことに興味を示してくれるのはかなり嬉しかった。

「うん、わかった。今度、動物園に行こうよ」

思考から舞い戻った佳純が、晴れやかな笑顔で言う。

湊斗は平静さを装い、「そうだな」と答えつつ、心の中で佳純の表情に悶絶する。落ち着け、理性を保てと自身に何度も言い聞かせた。

＊

湊斗とデートをしてから数日が経った。表向きは何事もなかったように過ごしていたが、佳純の頭の中は湊斗のことでいっぱいになっていた。

ひとりでいるときふとした瞬間に、彼とのデートを思い出してしまう。

カフェへ行き、そのあとは気の向くままにウィンドウショッピングを楽しんだ。佳純が足を止めて服や雑貨を見るたびに、『買わなくていいのか』と尋ね、『好みのものが知りたい』と、熱心に話を聞いてくれた。

彼の眼差しも声も優しく、自分が好かれているのだと強く感じた。くすぐったくもあり、心地よくもあって、デート中はずっと地に足がつかないような気分だった。

（恋愛ド素人なんだから、手加減してほしい！）

客室メイドが清掃を終えた部屋のチェックをしつつ、心の中で叫んだ。

むろん仕事中のため、視線だけは忙しなく動かしている。不備を未然に防ぎ、コンプレイン《苦情》にならないようにするのが、佳純たちスーパーバイザー《管理者》の仕事だ。

社員としてホテルに入り、一通りの研修を済ませたあとに配属されたハウスキーピング部門では、まず徹底的に『清掃後の客室で、どこを重点的にチェックするか』をたたき込まれる。

カーペットの毛並みが不揃いであったり、アメニティの数が不足していたりと、見ればすぐにわかる不備だけではない。一見わからないような場所にある汚れや、室内の不具合も見つけなければならないと教わった。

一朝一夕では身につかないのが経験だ。スーパーバイザーとして一人前になったとしても、メイドの中には十年以上働いている者もいる。ベッドメイキングなどは、客室メイドのほうが手際よくできることもあるほどだ。

そんな彼女らを纏め、コミュニケーションを取るのも仕事のひとつだが、最初はなかなか上手くいかなかった。

(懐かしいな)

客室のチェックを終えて部屋を出ると、館内とバックヤードを隔てるドアを開けた。すると、ハウスキーピング部の制服を着ている集団とかち合った。客室メイドだ。

ホテルでは部署ごとに纏う制服が異なるが、中でも客室メイドは特殊なデザインである。濃紺の膝丈ワンピースに白のエプロンをつけている姿はまさしく一般人が抱くイメージ通りの『お手伝い《メイド》さん』だが、仕事は重労働だ。

彼女らは、朝十時から午後三時までの勤務時間で、昼休憩を挟んで館内を目いっぱい動きまわる。そのため、仕事を終えるころには皆汗だくになっていた。

「皆さん、お疲れ様です」

佳純が声をかけると、集団の中からひとりの女性が歩み寄ってきた。

「三好さん！　ちょうどいいところに来たわ！」

彼女は十年以上のキャリアを持つメイドのひとりで、パートやアルバイトで働くスタッフの中心人物《リーダー》だ。

社員やメイドとの橋渡し役を担っており、佳純も世話になっている。

「何かあったんですか？」

明らかに興奮した様子のリーダーを不思議に思っていると、彼女は「社長がいたのよ！」と、エレベーターのある方向を指さした。

「さっき廊下を歩いてたら、初めて香坂社長を間近で見たの！　それも、すっごい美人と親しげに歩いてたのよ」

「えっ……」

思わず声が出てしまった。『社長を間近で見た』という言葉にではなく、『美人と連れだって歩いていた』という情報に衝撃を受けている。

（仕事関係の人なんだろうけど……）

なんとも言いがたい微妙な気分が胸の中に渦巻き、佳純はそんな自分に驚いた。

今までにこんなふうに感じたことはない。あくまでも彼は契約相手で、三年間限定の結婚相手だと理解していたからだ。

けれど、湊斗に告白されてからというもの、感情が忙しない。彼のことばかり気にしているという自覚がある。

「社長のオーラすごかったわあ。社員さんたちって、社長と話したりするの？」

「うーん、めったにありませんね。館内ですれ違ったときに会釈するくらいです」

実際、社長と接点を持つ社員は限られている。各部署にいる部長クラスでなければ、顔を見ることさえできない。まさに、雲の上の存在である。

だからこそ、見合いに湊斗が現れたときは驚きを通り越して畏れ多い気すらした。

「社長って結婚してるのよね？　どんな奥さんなのかしら？　あれだけ顔がよくてやり手の人の奥さんなんだし、きっと素敵な人なんでしょうね」

「そう……かもしれませんね」

引き攣《つ》りそうになりながら、かろうじて笑顔で答える。まさか『社長の妻』が、目の前にいるとは夢にも思っていないだろう。

（素敵どころか、デートなのにオタ活に付き合わせました……）

心の中で懺悔《ざんげ》していると、客室メイドたちが一斉に佳純の背後を見て目を丸くした。つられてそちらへ目を向ければ、社長の第一秘書である古瀬一馬がいた。

「あの人、秘書さんよね？　社長と同じで美男子よねえ」

古瀬は、『Akatsuki』内において、湊斗と佳純が結婚していることを知る数少ない人物だ。

湊斗と同様に館内で会うことはめったにないが、たまにハウス部へ顔を出すことがある。そういうときは決まって湊斗関連の話があるため、佳純はやや緊張しつつ声をかけた。

「古瀬さん、お疲れ様です」

軽く会釈をすると、彼は佳純の前で足を止めた。その様子から、古瀬がこの場に現れたのは、自分に用があったのだと瞬時に悟る。

「お疲れ様です、三好さん。春の研修についてご相談があるので、お時間よろしいですか」

「構いません。それでは皆さん、お疲れ様でした」

リーダーやほかのアルバイトスタッフに挨拶をし、古瀬の後に続きその場を離れる。人気がなくなったのを確認すると、古瀬が非常階段に通じるドアを指し示した。

重役フロアへ繋がる階段内へは、カードキーがないと入れない。普段使用することが少ないため人気もなく、密談にはうってつけの場所だった。

古瀬は専用のキーを端末に翳《かざ》して施錠を解いた。小さく音が鳴ったのを確認してドアを開き、佳純を階段内へと促す。

ちなみにこの階段は、各部署へ配属される前の新人の研修で馴染みの場所だ。佳純も入社したばかりのころに、ほかの社員とともに階段を清掃した。

先輩社員によると、階段の清掃は『Ａｋａｔｓｕｋｉ』の伝統行事なのだという。一段一段を箒《ほうき》で掃いたあとに雑巾掛けをしていくのだが、延々と続く階段を前に心が挫《くじ》けそうになったこともある。

「ここに来ると、新人研修を思い出します」

懐かしく思いつつ呟くと、古瀬が「私もです」と同意する。

「階段掃除は社長もやっていましたよ。入社時から創業者一族だと周囲に認識されていましたし、『いずれはホテルのトップになるくせに、一般社員と同じ研修なんて単なるアピールだ』なんて言う社員もいましたが」

「……誰ですか、そんなこと言うの。軽く嫌がらせしておきます」

湊斗は、社長子息だからその座に就いたわけではない。社長の座を継いで今もなお、立場に甘んじることなく努力し続けている。

仮初めの妻だが、彼と三年間一緒にいた。家にいるときはほぼタブレットを片手に資料読みに時間を費やしていたし、休日は他社のホテルへ足を運んで個人視察していた。

湊斗は最新の情報を頭に入れ、実際に自分の目で見て感じたことを大事にする人だ。

一般社員と同じ研修を受けたのも、現場を知っておきたいという想いがあるから。見合いのときに見せてもらった各部署の制服を着た彼は、仕事をするのが楽しくてしかたないという顔をしていた。

「社長は、誰よりも『Ａｋａｔｓｕｋｉ』が好きで、いつもホテルのことだけを考えてるじゃないですか。アピールのためだけに研修なんてしませんよ」

「ええ、私もそう思います。ちなみに、社長に文句を言っていた社員は一年後に退職しました。自分の希望した部署に行けなかったのと、単純に仕事がきつかったようです」

ホテルマンは華やかに見られがちだが、実のところは重労働である。勤務時間も不規則で、身体が慣れるまでには時間がかかる。なんの思い入れもなくこなせる仕事ではないし、語学や接客などのスキルを求められることも多い。

「今いないならしかたないですね。足の小指をテーブルの角にぶつけちゃえ、って思うだけにします」

「地味に嫌ですね、それ」と笑った古瀬に頷《うなず》いた佳純は、先ほどから気になっていたことを尋ねた。

「……じつは、ついさっき『社長が美女と親しげに歩いていた』と聞いたんです。仕事関係の方ですよね？」

「ええ、毎年春に大宴会場を貸し出しているでしょう？　その打ち合わせです。今年は、ゲストとして社長に登壇してほしいと依頼がありまして」

「そういえば、入社式で宴会場を使っているお得意様がいらっしゃいましたね」

やはり、仕事関係だったのだ。そうとわかっていても、確認せずにはいられなかった。

こんなことは初めてで動揺が隠せずにいると、古瀬が意外そうに佳純を見た。

「珍しいですね。三好さんが、その手の話を気にするのは」

「そう……ですよね。すみません」

「謝る必要はありませんよ。ですが、直接社長に尋ねたほうがいいかもしれませんね。そのほうが喜ばれそうですし」

「えっ……」

意外な言葉に目を丸くする。しかし古瀬はおかしげに目を細め、「予想よりも早く上手くいきそうですね」と、ひとり納得している。

「ええと、どういう意味でしょうか」

「社長は奥様に告白して浮かれていらっしゃいましたが、ようやく一歩進んだだけですし、先は長そうだと思っていたんです。でも今の会話で、あの方の恋が成就《じょうじゅ》するのも遠くないのだろうと感じました」

古瀬の指摘に、言葉を詰まらせる。つまり彼は、佳純が湊斗を好きになると確信しているのだ。

「……古瀬さんの目から見て、彼とわたしは上手くいきそうに見えますか？」

「少なくとも、私はそう思います。どうでもいい人間のことなんて気にならないものですよ。たとえどんな美女と歩いていようとね」

断言された佳純は、つい唸り声を上げた。まったくもって、古瀬の言う通りだからだ。ただ、真剣に想ってくれる彼に対し、生半可な気持ちで応えたくない。だから今、いつになく悩んでいる。

「難しいですね、恋愛って」

つい本音が零れてハッとする。

「すみません、つまらないことを言って。古瀬さんは、わたしにお話があるんですよね」

「いや、そう身構えるほどの話はないですよ。ただ、三好さんの様子を見に来ただけです。社長が浮かれて暴走したり、何か困った事態になっていないかと懸念していたんです」

ちょうどハウスキーピングの事務所に用事があったため、佳純と話をしておこうと思ったのだという。

「以前も言いましたが、あの方のことでお困りなら相談してください。私にでもいいですし、未知瑠さんもあなたの力になってくれるでしょう」

古瀬は、三年間の契約結婚だと知っている。そして、湊斗が佳純に告白したことも。

わざわざ来てくれたのは、心配してのことだろう。こちらにまで気を配ってくれるあたり、さすがは彼の秘書である。

「ありがとうございます。何かあったときは頼らせてもらいますね」

　感謝をこめて答えると、古瀬がちらりと腕時計に目を落とす。

「三好さん、今日は何時までのシフトですか？」

「今日は午後七時までですが……」

「それなら、社長と同じくらいですね」

　古瀬は何かを思いついたように、「ちょうどいい機会です」と笑った。

「三好さんは、ぜひまっすぐ帰宅してください。私は社長に『奥様の帰宅が早い』とお伝えします。本日のお客様へのいいアピールになるでしょう」

「アピール、ですか？」

「今日来ていらっしゃる方は、社長にご執心なんです。結婚していることはお伝えしているにもかかわらず、『イマジナリー《架空の》嫁ではないか』と言い出す始末で」

「イマジナリー嫁……⁉」

「おふたりとも、必要最小限のイベントしか出席しませんからね。『香坂湊斗のパートナー』と近づきたい人間や、社長の妻の座を狙っている女性は多いので。めったに顔を見せない奥様ということで、揶揄《やゆ》する人間も多いんですよ」

　衝撃的なワードを聞いた佳純は呆然としていたが、次の瞬間、怒りがわき上がった。

「イマジナリー嫁なんてひどいです！　湊斗さんなら相手はよりどりみどりだし、なんなら架空どころかふたりでも三人でも相手がいたっておかしくないのに！　そんな噂、断固として抗議します」

「怒るポイントはそこですか」

「当たり前です。湊斗さんが不当に貶《おとし》められるなんて黙っていられません」

佳純は自分でも驚くほど憤っていた。自身の立場にあぐらを掻くことなく、努力家で優しく愛情深い彼がいわれなき噂で面白おかしく語られるなど許しがたい。

「……古瀬さん。もしかして、妻が同伴しないといけない会合とかパーティって、これまで多くあったんですか？」

「そう多くはありませんよ。社長は出席する会合も選んでいらっしゃいますしね。ただ、三好さんのおっしゃるように、パーティにおひとりで参加されることはありました。あなたにあまり負担をかけたくなかったようです」

彼と結婚するとき、夫婦で参加しなければならない行事にはふたりで出席しようと話していた。だから、湊斗の仕事関連のイベントにもふたりで出たことがあるし、逆に三好家の親戚の結婚式などに彼も来てくれている。

（もう……変な遠慮なんてしなくていいのに）

そう思いつつも、それが湊斗の気遣いだとはわかっている。離婚後のためだ。彼の妻として多くの人に顔を知られていると、面倒な人間関係に巻き込まれかねない。

だが、それとこれとは話は別だ。

「もしも、今度何かあったらわたしに教えてください。変な噂を払拭するくらい、しっかりパートナーを務めます」

「わかりました。ご希望に添えるよう取り計らいましょう」

礼を告げると、古瀬はそのまま上階へ向かう。

（……今日は絶対に定時で仕事を終わらせて家に帰ろう）

湊斗も同じくらいに帰宅できると聞いたし、一緒に夕食をとれるかもしれない。

端末にカードキーを翳してドアを解錠した佳純は、意気込んで仕事へと戻った。


その日の夜。更衣室で私服に着替えたところでスマホが鳴った。何気なく見れば、湊斗からメッセージが入っている。

（えっ！）

文字を追った佳純は、すぐさま更衣室を後にした。彼からのメッセージに、『今日は鍋』と記されていたからである。

つまり湊斗は先に帰宅しており、夕食を作ってくれていることになる。

ホテルの敷地から出て『今から帰る』と返信し、最寄り駅へ向かった。帰宅ラッシュの時間で電車は混んでいたが、湊斗の所有するタワーマンションは、電車で一駅の距離にあり、そう苦労せずに降車する駅に着いた。

この三年間で慣れ親しんだ通勤路を急ぎ歩くと、すぐにマンションの外観が見えてくる。

ほんの少し前までは出ていくつもりでいた。契約の終了が間近に迫り、彼と離れてしまうことに名残惜しさを感じていたが、それがなぜかを深く考えようとしなかった。

けれど、今は。湊斗の気持ちと向き合い、自分の心を探っている。――いや、本当はもう気づいているのだ。ただ、覚悟が足りないだけで。

エントランスに入り、コンシェルジュと挨拶を交わすと、エレベーターに乗り込む。ふたりが仕事のある日で、彼が先に帰宅しているのは珍しい。それも、夕飯を用意してくれているなんて思わなかった。

(何かあったのかな)

今さらながら不思議になるが、湊斗と一緒に食事ができる喜びが疑問に勝った。最上階に到着し、すぐにカードキーでドアを開ける。自分でも理解できないほどに逸る気持ちを感じつつリビングに入れば、湊斗が驚いたように振り返った。

「おかえり。ずいぶん焦ってどうしたんだ?」

「た……ただいま……」

あまりにも勢いをつけて部屋に入ったため、少々気恥ずかしい。「なんでもないよ」と照れ隠しで笑うと、なぜか歩み寄ってきた彼が佳純の頬に触れた。

「冷たくなってる。今日は冷えていたし、早く温まろう」

「う、うん……そうだね」

ごく自然に触れられて、ひどく鼓動が騒ぐ。慌てて顔を逸らすと、テーブルの上に鍋が用意されていることに気づく。

「すごい！　帰ってきたタイミングでお鍋が用意されてる！」

「佳純のメッセージを見て、時間を見計らってた。皿を出しておくから、荷物を部屋に置いてくればいい」

至れり尽くせりである。湊斗も仕事から帰って間もないはずなのに、手際よく準備をしているあたり、まさしく〝デキる男〟と言っていい。

礼を言ってから、急ぎ荷物を置いてリビングに戻る。すると、すでに湊斗は準備万端で待っていてくれた。

「手が込んだものじゃないが、寒い日にはぴったりだろ」

「わあ、美味《おい》しそう……！」

彼が作った鍋には、豚バラや白菜、にんじんに長ネギなど、野菜を中心にした具材が入っていた。その上にすりおろした長芋がかけてあり、見た目にも食欲をそそられる。

「湊斗さんって、本当にスパダリ……」

「味付けは鍋の素を使って、あとはカットした野菜を鍋に入れただけだぞ」

「〝だけ〟じゃないよ！　こういう寒い日にお鍋をチョイスしたり、準備してくれたりするのが嬉しいの」

ひとりで鍋を食べるのは少し寂しい。実家にいるときは冬になると家族皆で鍋を囲んだが、社会人になってからはその機会はめっきり減っていた。

「お鍋って、やっぱり誰かと食べるほうが美味しく感じるし」

「そうだな。こんなに喜ぶなら、もっと以前から作ればよかった」

嬉しそうに微笑む湊斗に、胸が小さく音を立てた。

目を逸らしたいような、ずっと見ていたいような不思議な心地だった。今まで誰に対してもこのような気持ちになったことはなく、それだけで湊斗が特別な存在なのだと感じるには充分だった。

「ほら、食べよう」

「うん……いただきます」

鍋の蓋を開けると、熱々の湯気が立ち上る。野菜の香りがふわりと広がり、幸福感で胸が満たされた。

ふたりで鍋をつついていると箸が進み、自然と頬が緩む。冷えた身体に染み渡るぬくもりに、「美味しい」としか言葉が出ずに黙々と食した。

からかな?」

「それもあるけど、なんだかいつもよりもご飯が進むんだよね。湊斗さんが作ってくれた
「そこは疑問形じゃなく言いきってくれ。俺は、きみと一緒にとる食事が一番美味しく感じる。今日ばかりは、古瀬に感謝だな。あいつがスケジュールを調整してくれて、予定よりも早く帰れることになったんだ」

機嫌よさげに言いながら、湊斗が上品に野菜を口に運ぶ。どんなしぐさでも絵になる人だから困る。つい凝視してしまうからだ。

「佳純?」

「あっ、うん! 古瀬さん、ハウスの事務所に用があったみたいで、声をかけてくれたんだよね。湊斗さんの帰宅時間と、今日、館内で親しげに歩いていた美人は取引先の人だってことを教えてもらったの」

「親しげに歩いていた美人?」

「メイドさんが、湊斗さんとその人を見かけたんだって。それで気になって、古瀬さんに聞いたんだ」

何気なく伝えると、なぜか驚いた顔を見せた湊斗は、次の瞬間、蕩けるような笑みを浮かべた。

それは、〝社長〟でいるときの彼は絶対にしないような表情。湊斗がプライベートでのみ見せる顔だった。

ただでさえ完璧な容貌を持つ男が浮かべる微笑みは魅力的で、否応なしに心臓が早鐘を打つ。つい忘れてしまいがちだが、湊斗は人前でそうそう表情を崩さない。立場上、感情を素直に出すことを嫌い、胸のうちを気取らせないようにしている節がある。

それなのに、佳純には惜しげもなく笑顔を見せる。だからよけいに、胸が高鳴ってしまうのだ。特別な存在なのだと、暗に伝えているから。

（ああ、好きだなあ……）

佳純は、ごく当たり前のようにそう思った。湊斗を恋愛対象として見ることはなかったし、見てはいけないと無意識に感じていた。

けれど、契約など関係なく湊斗自身を〝男性〟として見るとすれば。彼を好きにならずにいられないとの確信があった。

「そういえば、スイーツもあるんだ。食べるか？」

鍋の具材をふたりで平らげると、キッチンを指さした湊斗に問われる。

「うっ……何その絶対に断れないお誘い」

「ソファに座ってろ。取ってくるから」

「それならわたしはお皿を片付けるから、終わったらふたりで食べようよ」

夕食の用意をしてもらったのだから、片付けくらいはしなければ申し訳ない。そう告げると、彼は「それなら一緒にやろう」と言ってすぐにキッチンへ食器類を運び始めた。

こういう何気ない行動を彼はずっとしていた。今までは『ありがたい』とか、『いい人』だと思ってきたが、今はそれだけではない。

想いを自覚すると、これまで意識していなかった出来事までもが意味を成してくる。彼の言動には愛情があったのだとわかり、鼓動がどんどん速くなった。

「鍋のあとだと、少し重いかもしれないな」

「大丈夫だよ。甘いものは別腹だし！」

皿を洗い終えると、スイーツを持ってリビングへやって来た。

彼が選んだのは、コンビニの新商品だった。以前からたまに足を運び、気になったものを購入しているようだ。もちろん、個人的な趣味ではなく仕事の一環としてである。

湊斗はレストランの新作メニューを始め、ホテルで行なわれる各種イベントの可否を下す立場でもある。自社の企画に活かすために世間の流行は把握しており、自身の好き嫌いに関係なくアンテナを張り巡らせていた。

本日のチョイスは、植物に由来するプラントベースのショコラである。なめらかな舌触りのチョコレートクリームが美味で、安価ながら原料にもこだわった一品だ。

「湊斗さんは、いったいどこに向かってるの？」

「ん？　なんの話だ？」

食後のデザートに舌鼓を打っていた佳純は、ハッとして彼に向き直る。

「わたし、口に出してた？」

「俺がどこに向かってるのかとかなんとか言っていたな」

「あっ、そうだよ。だって、顔も性格もいいし、気遣いも完璧だし、そのうえ家事もソツなくこなすとか……湊斗さん、スペック盛りすぎじゃない？」

「それは褒められているのか？　それとも貶《けな》されているのか？」

「褒めてるよ！」

思わず前のめりで主張し、さらに続けた。

「湊斗さんは、優しすぎるよ。離婚してもわたしが働きづらくならないように考えてくれてたでしょ？　きっと、今まで夫婦同伴で出ないといけないパーティとかあったよね。でも、ひとりで参加したこともあったって古瀬さんに聞いた。わたしが、なるべく表に出ないようにだよね」

古瀬と話した内容を思い返しながら、湊斗を見つめる。彼は、「よけいなことを」と呟くと、苦笑を零した。

「パーティは、どうしても出席しなければいけないものは、きみにも声をかけた。俺はもともと、その手の集まりは好きじゃないんだ。古瀬も言ってなかったか？」

「それはそうだけど。だからって、湊斗さんの奥さんが『イマジナリー嫁』だなんて言われるのは嫌なの。スパダリで奥さんなんてよりどりみどりのはずなのに！　そんなふうに噂されるくらいなら、わたしがパーティに出たほうがいいよ！」

「……それは、ちょっと嫌だな」

湊斗はそれまで浮かべていた笑みを消し、真顔になった。

「俺は、きみをあまり人前に出したくない」

「どうして？　心配しなくても粗相はしないよ。今まで一緒に出たパーティだって、上手く化けてたじゃない」

頻度は多くないながらも、湊斗の妻として取引先の重役らと挨拶を交わしている。立ち居振る舞いは、老舗ホテルの従業員として教育を受けているためまったく問題はない。

見た目に関しては、未知瑠の手を借りて普段よりも念入りにメイクを施し、ゴージャスに仕上げた。『もともと素材がいいし、佳純ちゃんってメイク映えするのよね』とは彼女の発言だが、普段の姿を知る人であれば驚くほどに『香坂湊斗の妻』を作り上げている。

大きな目をさらに強調するように睫毛エクステを使用し、ラメ入りのアイシャドウやパール入りの下地などを用いてかなり華やかに装ったのである。

仕事でもプライベートでもナチュラルメイクで、お洒落は必要に応じてのみというライフスタイルの佳純だが、フルメイクで臨んだパーティで周囲から浮くこともなかった。むしろ、参加者からは口々に褒められている。

「化けるのが問題なんだ」

　湊斗はやや不機嫌そうに眉根を寄せた。

「きみは、普段でも充分魅力的だ。だが……パーティ用の装いをすると、目立ちすぎる。気づいてなかっただろうが、やたらと男の視線を集めていた」

「気にしすぎじゃない？　それを言うなら、湊斗さんのほうがよっぽど女の人に注目されていたけど」

「嫌なんだ、俺が」

　湊斗の手が、佳純の手に触れた。大きな手で包み込まれ、そのぬくもりにドキリとする。動揺して息を呑めば、彼が距離を詰めてきた。

「付き合いでイベントに参加することはあるが、それでもなるべくきみを人目に晒したくない。ほかの男が佳純に色目を使うのが嫌だという俺の我儘《わがまま》だ」

　だから気にする必要はないと湊斗は言う。パーティ用に着飾った佳純を自分以外の男に見せたくないだけだから、と。

　つまり彼は独占欲から、パーティに妻を連れて行かなかったことになる。まさかそのような理由だとは予想外だった。

（……湊斗さんは、過保護だよ）

彼は好きになった女性にはとことん甘く、ほかの男を近づけたくないほどに嫉妬をするらしい。

自分がその対象になっているのだと思うと、胸がきゅっと締め付けられる。なぜこうも、湊斗に感情を揺さぶられるのか。二次元の推しに夢中になっているときとは別の高揚感に包まれて、何も言えなくなってしまう。

佳純が口をつぐむと、不意に湊斗の呼気が耳朶《じだ》に触れた。びくり、と肩が上下に跳ねると、彼が耳もとで囁《ささや》きを落とす。

「今日はまだキスしてなかったよな」

「えっ、うん……そうだね」

今朝は彼の出社が早く、キスをする時間がなかった。突然の話題の転換に驚きつつ頷けば、湊斗に顔をのぞき込まれる。

口角を不敵に引き上げたその表情は、とてつもなく強烈な欲望を孕んでいた。普段は冷静でストイックなだけに、まるで知らない男性のようだ。

唇が触れるか触れないかの絶妙な距離で見つめられ、思わず息を呑む。端整な容貌の男に色気を纏われれば、どうすることもできずに身を固めるだけだ。

「そんなに緊張されると困るな」

湊斗は佳純の動揺を正しく理解しているのか、楽しそうに続けた。

「今日は、唇じゃない場所にキスをしたい。いいか?」

「……唇じゃないって、どこにするの?」

「たとえば、ここ とか」

握っていた手はそのままに、空いている手で耳たぶを撫でられた。くすぐったさに身をよじると、彼の指先が首筋へと下りてくる。

「唇以外でも、キスする場所はたくさんあるだろ」

言いながら、湊斗の唇が耳たぶを掠《かす》めた。身を竦めた佳純は、耳に熱が集まるのを感じて首を振る。

嫌がっているわけではない。ただひたすら恥ずかしく、湊斗の色気にあてられて何も考えられないだけだ。

「佳純」

優しく呼ばれて視線を上げると、切れ長の瞳が目の前で揺れる。とっさに顔を背ければ、無防備な耳朶に軽くキスを落とされた。

「っ……」

握っていた手を移動させ、肩を引き寄せられる。小さなリップ音がやけに生々しく響き、一気に体温が上昇した。

「可愛いな。できることなら、きみの全身にキスして触れたい」

耳の奥底まで響く低音で囁いた湊斗は、再度耳朶へ唇を寄せた。しかし先ほどとは違い、今度は唇で挟み込むように食《は》まれてしまう。

「あ……っ」

ピリッとした感覚が耳から全身に伝わり、佳純は無意識に彼のシャツを握った。

肌を撫でる吐息にすら敏感になり、身体中が火照ってくる。

普段意識していない場所に他者の唇が触れるだけで、これほどドキドキさせられるとは考えすらしなかった。創作物でなら幾度となく見てきた行為なのに、いざ自分が体験するとなると想像よりもはるかに淫らに感じる。

（湊斗さんの色気が、ただ事じゃない……！）

言葉にしなくても、佳純がほしいのだとしぐさや声音で語っている。彼の気持ちを感じるからこそ恥ずかしく、ただなされるがまま行為を受け入れるのみだった。

耳朶を唇で挟んでいた湊斗は、次に舌を這わせてきた。生温かくざらついたそれが耳殻をたどり、ねっとりと舐めていく。

「んっ……」

彼の呼気が直接耳の奥に浸透し、小さく身震いをする。

唇へのキスも頭が朦朧《もうろう》とするほど卑猥《ひわい》だが、耳へのキスはまた違った淫靡《いんび》さがあった。

全神経が彼の舌の動きに集中し、意識のすべてを支配されるかのようだ。

「湊斗さん……そろそろ……あっ⁉」

やめてもらおうと口を開くも、それより先にソファに押し倒された。

「もう少しだけ、キスしたい」

欲情を感じさせる声で告げた彼は、素早く佳純のニットを引き上げた。露わになった胸の谷間に顔を埋め、空いている手でふくらみを揉《も》みしだく。

「や、ぁ……っ」

湊斗は、ブラと胸の頂きを擦り合わせるように指を動かした。優しい手つきで性感をくすぐられ、ぞくぞくと熱が高まってくる。

「これ……キスじゃ、な……んんっ」

抗議しようとすると、ブラを押し上げられた。まろび出た乳房の先端を指先で扱かれ、もう片方に吸い付かれてしまう。

ぬるついた舌先で舐られて腰が跳ねる。耳たぶへのキスはまだ許容範囲だが、胸にまでするのは反則だ。そう思うのに、初めて与えられた愛撫はひどく身体を昂《たか》ぶらせ、彼を止めようとする気持ちが保てない。

（どうしよう……気持ちいい……）

ぴちゃぴちゃと音を立てて乳首を吸い上げられ、羞恥と快感とでたまらなくなる。それは、佳純にとって初めての感覚だ。下腹部がむず痒《がゆ》くなり、触れられていない脚の間がしっとりと濡《ぬ》れてくる。

「っ……み、湊斗……さ……ぁあっ、ンッ」

彼は下から掬い上げるように両手で胸を揉み込み、交互に尖《とが》った頂きを舐めまわした。

時折上目で様子を窺う表情は明らかに欲情し、普段の彼からは想像できない姿だ。強引ではないが、どこか余裕がない。それだけ強く求められていると思うと、心の奥が締め付けられる。

「ずっとこうして触れたいと思っていた」

顔を上げた湊斗に告げられて、ぞくりと肌が粟立《あわだ》った。嬉しい、と理性よりも感覚が訴えている。その証に、彼にしゃぶられている乳首は甘く疼《うず》き、硬く凝っている。身体と心が開かれ、湊斗に意識を支配されていく。

「佳純、きみが好きだ。別れたくないし、離したくない」

「ん……っ、う」

言葉とともに、唇を塞がれた。口腔に侵入してきた舌先にたっぷりと舐めまわされ、そちらに気を取られていると指で乳頭を捏《こ》ねまわしてくる。息が苦しくなって彼の肩を摑めば、キスを解いた唇がふたたび胸の尖りを咥《くわ》えた。

「あ、あ……ゃあ……ッ」

体内に淫らな熱が溜《た》まってくる。胸だけでこれだけの快感を得られるとは思わなかった。

いや、そもそも佳純の性欲は薄く、性行為は二次元の世界の出来事で、自分の身に起きることではなかったのだ。

それが今、湊斗の愛撫に感じている。もちろん、誰にでも身体が反応するわけではない。彼だから、これほど乱れてしまうのだ。

「俺を受け入れてくれ。きみも、俺を嫌っているわけじゃないだろ」

胸をいじくりながら、確信したように湊斗が言う。

「ほかの女に嫉妬するくらいには、好きでいてくれている。違うか？」

「んっ……それは……」

「俺は佳純だけのものだ。だから、きみのことも俺にくれないか」

真摯な眼差しを向けられて、心臓が高鳴った。

湊斗の気持ちが伝わってくる。結婚や恋愛に意味を見出していなかった彼から告げられる愛の言葉には、これ以上ないほどの誠実さが感じられた。

「わ……わたし……」

彼の想いに応えたい。自然とそう思い口を開きかけた佳純だが、言葉を継ぐことができなかった。湊斗の手がふくらはぎに触れ、スカートの中に入ってきたからだ。

（あっ……）

「だ、だめ……！」

思わず大きな声で制止すると、ハッとしたように湊斗の動きが止まった。

「……悪かった。調子に乗って」

「違うの！　嫌だとかそういうことじゃないの。だって気持ちよかったし、何も考えられなくなっちゃうし、恥ずかしいけど湊斗さんに触れられるのはむしろ好きだと思う。でも、今はだめで準備が必要というか……」

佳純は彼が誤解しないように、早口で言い募る。

湊斗との行為が嫌で拒否したわけではない。ただ、下着を見られるのが嫌だったのだ。通勤時の防寒として、冬は毛糸のインナーを着用している。ちなみに、腹部まで隠れる仕様だ。腹巻きと一体となったいわゆる〝毛糸のパンツ〟なのだが、湊斗に見られるのは絶対に避けたい。

あたふたと言い訳をしていると、一瞬驚いた顔を見せた湊斗はすぐに笑った。

「それは、準備が整ったらいいってことか？」

「……ノーコメント！」

叫んだ佳純は湊斗を押しのけて起き上がり、服の乱れを直す。

自分の言葉の意味を理解して、顔から火を噴きそうなほど恥ずかしくなった。要するに、なんだかんだと言い訳をしていたが、『湊斗に抱かれてもいい』と語ったことになる。

（いくら動揺してたからって、とんでもないこと言っちゃうし……）

触れられるのが好きだとか気持ちいいなどと、伝えなくていいことまで伝えてしまった。最近、湊斗のことになると失敗が多い。心を揺さぶられ、冷静でいられないのだ。見ているだけでもたいそう心臓の動きが活発になるのに、触れ合ったら最後、彼の色気を過剰に摂取して悶死寸前だ。

「佳純」

肩に手を置かれてドキリとすると、彼が艶やかに囁いた。

「俺の誕生日に、佳純を抱きたい。だから、それまでに準備してくれ」

湊斗はすでに決定事項だというように宣言し、佳純に軽く口づける。

おそらくその日は、ふたりの関係や今後の人生までもが変わる大転換期になる。そう思うと知らずと肩に力が入り、頭の中でカレンダーを思い浮かべる佳純だった。

3章　3年目の初夜が激しすぎる

佳純にとって誕生日は、誰かを祝うための大事なイベントだ。父が再婚し、新しい家族ができてからは特にイベントを大切にしてきた。

パーティやサプライズを企画して喜んでもらうのが嬉しかった。自分を祝ってくれる家族や友人には、その気持ちに感謝した。

ちなみに高校生のときは、父母が『Ａｋａｔｓｕｋｉ』のラウンジで祝ってくれたことがある。自分の名前が入ったプレートがのったバースデーケーキが運ばれてくると、店員がバースデーソングを歌ってくれた。

もともと好きだったホテルだが、誕生日の思い出が決定打となり、『Ａｋａｔｓｕｋｉ』への就職を決めたのである。

だが、佳純の今までの人生で、特別な異性を祝ったことはない。去年もその前も、湊斗は『契約相手』でしかなかったし、彼と誕生日を過ごしたが、ただの同居人としてだった。

けれど、今年はそうではない。湊斗に告白され、佳純自身もまた彼へ想いを返そうとしている。

『契約』という枠を取り払ったことで、自分の気持ちに気づいてしまった。告白をきっかけに、これまで無意識に目を背けていた湊斗への恋愛感情が芽吹いたのだ。

今回の彼の誕生日は、佳純にとっても特別だ。過去の二回よりも彼に喜んでもらいたいし、喜ばせたい思いが強い。

（でも、何をあげればいいんだろう？）

ある日の仕事上がりの夕方。未知瑠と待ち合わせをしていた佳純は、少し遅れると連絡を受けたため、とある店で待っていると返信し、近くにある商業施設を訪れた。せっかくなので、湊斗への誕生日プレゼントを選びたかったのだ。

しかし、数ある商品を前に、何を贈るべきか頭を抱えている。

初めてのプレゼントは、ガラスペンにした。イタリアのブランドのもので、ペン立てとインクがセットになった実用性のある品だ。顧客や取引先へ手書きのメッセージカードを送るという彼にぴったりだと思った。

次に贈ったのは、カードケースだ。老舗ブランドのブラックレザーの品を選んでプレゼントしたところ、手に馴染み長く使えそうだと喜んでくれている。

いずれも湊斗の好みを考えて購入したものだ。契約妻として、また、よき同居人として、相手の負担にならない品だったと自負している。

そう、ただの契約相手ならば気楽に贈り物ができた。家族や友人を喜ばせたいと思うのと同様に、彼へのプレゼントにも心を込めた。

だが、好きな異性に贈るとなるといつも以上に迷ってしまう。家族や友人とはまた別の〝特別〟な存在だからだ。

「うーん、迷うなあ……」

男性用の小物を眺め、つい零したときだった。

「佳純ちゃん、お待たせ！」

背後から声をかけられて振り向けば、少し息を弾ませた未知瑠が立っていた。

「未知瑠さん、お疲れ様です。お仕事大丈夫でしたか？」

「ごめんね、遅くなって。仕事は問題ないんだけど、今度やる役員イベントの件でちょっと揉めちゃったのよね」

『Ａｋａｔｓｕｋｉ』では、二年に一度の割合で、役員たちが現場に出る日を設けている。それが、『役員イベント』だ。創業当初から続くこの企画は、『現場で働くスタッフへの感謝を忘れないように』という創業者の思いがこめられているという。

日ごろスーツに身を包んだホテルの重役たちが、一般社員やパートやアルバイトらと同じ制服を着て働くとあり、この時期になるとスタッフの間でも噂になっていた。

「いろいろ積もる話はあるけど、お店に着いてからにしましょうか」

未知瑠に頷くと、今日の目当ての場所であるカラオケボックスに向かった。全国展開している店で、今日から『滅亡の聖戦』とのコラボが始まっているのだ。

期間内に各キャラクターをイメージしたドリンクや菓子を注文すると、今しか手に入らない限定グッズがもらえるとあり、未知瑠とふたりで来店することにしたのである。

店はそれなりに客が多くいたが、抜かりなく予約をしていたためすぐに部屋に案内された。未知瑠はさっそく推しとコラボしている商品を頼み、佳純はメニューを吟味してまずはグッズがおまけでついてくるドリンクを頼んだ。

注文した品を店員が運んでくると、しばし撮影タイムに入る。

「今日は、『イカルガジュウゴ』の〝ぬい〟も持ってきたの。コラボメニューのポテトと撮ってSNSにアップしとくわ！」

「わたしは、『キノサキシジマ』の概念カラーのネイルをしたので、ドリンクを持った写真を湊斗さんに送ります。推しに関連したネイルだって気づいてくれるかも」

ウキウキとスマホを片手に画角を決めている佳純に、未知瑠がクスッと笑った。

「佳純ちゃんのおかげで、兄さんもすっかりオタ活に理解を深めてるわよね。あっ、この前、コンビニくじのグッズありがとう。兄さんが持ってきてくれたわ」

「じつはそれ、湊斗さんが当ててくれたんです。わたしが狙ってたのと、未知瑠さんの分まで制限回数内でゲットできて。すごいくじ運ですよね」

「兄さんは、昔からその手の運はいいのよね。でも、わたしがいくら頼んでも推し活に協力はしてくれなかったの。佳純ちゃん、さすがよね」

「たまたま流れでそうなっただけですよ」

恐縮して答えつつ、写真をスマホに収める。自分のネイルとコラボドリンクが上手く写り込んだのを確認し、湊斗へメッセージを送った。おそらくまだ仕事だろうが、終わったときに見て笑ってくれれば嬉しいと思う。

「湊斗さんは優しいから、出かける前にコンビニまで付き合ってくれたんです」

「ええ？　兄さんは無駄なことはやらないわよ？　優しいなんて言えるのは佳純ちゃんくらいだわ。だってあの人、本当に合理主義だもの」

ひとしきり撮影を済ませると、菓子をつまみながらの女子会がスタートした。

未知瑠とはお洒落なカフェやレストランに行くよりも、『滅亡の聖戦』に関連した場所で気楽に話すことが多い。今回も、彼女と一緒だからこそ、カラオケボックスで気兼ねなくオタ活ができるのだ。

「合理的な考え方はしますけど、それ以上に甘やかしてくれるというか優しさがインフレを起こしているというか……なんなんですかね？　あんなに素敵な人が二次元以外にいていいんでしょうか」

しみじみと語る佳純に、未知瑠が「なるほど」と納得したように唸った。

「佳純ちゃんに対する態度と、その他大勢に対する態度が違うのよね。今の兄さんは、自分を好きになってもらおうと必死だもの。あんな兄さん初めて見たわ」

「そう……なんですか?」

「さっきも少し話に出たけど『役員イベント』があるでしょ? 今年は兄さん……社長が、ドアマンに扮《ふん》してゲストをお迎えすることになったの。それもちょっと渋ってたんだけど、動画に撮ってウェブサイトにアップしないかって提案したら、『それだけは駄目だ』って言い出したのよ。だから、予定よりも会議が押しちゃって」

ゲストの覚えもめでたく、業界では『ホテル王』の異名を持つ香坂湊斗は、名実ともに『Ａｋａｔｓｕｋｉ』の代表である。国内のみならず、海外のセレブからもその存在を周知されている彼が、ホテルの顔とも言えるドアマンとして立つのであれば、これ以上ないほどの宣伝だ。

閑散期の今、集客の足がかりとなるなら、普段の彼であれば企画にゴーサインを出すはずだ。しかし、動画だけは頑なに拒否しているという。

「佳純ちゃんが入社する前、兄さんが直営のカフェでイベントをしたことがあるの。そのときの動画をアップしたら、バズったのよね」

「それ知ってます。『イケメン店員尊い!』って、ものすごい拡散されてましたよね」

カフェの制服を着て給仕をする湊斗は、恐ろしく人目を引いた。彼が社長だと知らない

ゲストたちも、『もしかして何かの撮影か』と、芸能人でも見るような目つきで一挙手一投足に釘付けだったという。

撮影した動画が拡散されると、湊斗目当てのゲストがカフェに大挙した。その月は異例の売り上げを誇ったが、湊斗が店舗からいなくなると皆がっかりしていたそうだ。

「イベントが終わってしばらく経っても、『動画の店員はいないのか』って、問い合わせが多かったの。それも、日本だけじゃなく海外からもあって」

「海外……さすが湊斗さん、グローバルですね……」

「そんな経緯があるから、動画は駄目だって言われちゃったのよね。残念だけど、ほかのスタッフの業務にも差し支えがあったら困るししかたないわ」

「湊斗さんのドアマンは、ものすごいインパクトがありそうですもんね」

カフェならば店舗の収益が見込めるが、ドアマンはホテルのエントランスに来れば会えるため稼働率に結びつかない。そのうえ前回のように湊斗目当てのゲストが後日訪れるとすれば、通常業務の支障になるだろう。

「いろんな可能性を考慮して、駄目だって話なんですね」

「それもあるけど、女性客に囲まれるのを避けたいみたいよ。古瀬さんとわたしに、『俺の奥さんにヤキモチを妬かれる行動はしたくない』って、それはもう嬉しそうに言ったのよ。あんなに満面の笑みで惚気られたら、なんにも言えなくなっちゃう」

「えええっ⁉」

予想外の話を聞いた佳純は狼狽した。いくら親しい人たち相手とはいえ、湊斗がそんな発言をしていたなんて思わなかったのだ。

（もうっ、わたしそんなにヤキモチ妬きじゃないのに）

心の中でクレームを入れていると、未知瑠が微笑ましそうに続けた。

「兄さんの片想いは、無事に成就したのね。まあ、わたしは佳純ちゃんがしあわせなら、別れても全然ありだと思ってたんだけど」

「……す、すみません。まだです」

「え？」

「湊斗さんから告白されました。けど……まだ、ちゃんと返事ができてなくて」

「なにそれ？　詳しく聞かせて！」

かなり前のめりで興味を示され、勢いに押されつつ掻い摘まんで状況を説明した。

告白されて真剣に彼への気持ちを考えたこと、契約に縛られていたが、湊斗を好きだと気づいたこと。だが、これまでの関係が大きく変わるため、戸惑いもあることなどを、ぽつぽつと語った。

「わたし、今まで自分の気持ちもわかってませんでした。湊斗さんに告白されて初めて向き合ったくらいですし、異性を好きになったことなんて今までなかったから」

けれど、恋愛に不慣れな佳純を湊斗は待ってくれていた。そして佳純は、そんな彼に応えたいと強く思っている。

好きな仕事に就き、推し活も充実している。家族仲もよく、これ以上ないくらいに心は安定していた。ゆえに、佳純の生活に恋愛が入り込む余地はなかった。必要性を感じなかったのだ。

「契約があったから、好きにならなかっただけだったんです。というか、無意識に好きにならないようにしていたというか」

「それ、兄さんが聞いたら鬱陶しいくらい喜びそうね」

想像したのか、未知瑠がからかうような口調で言う。しかし、その様子は兄を心配する妹のそれだった。

「佳純ちゃんが、納得できるタイミングで返事をすればいいんじゃない？　兄さんならいつまでも待ってると思うわ。それに、契約を持ちかけたのは自分のくせに、離婚間近になって焦るなんて自業自得よ」

「でも、湊斗さんが告白してくれなかったら、あっさり離婚していました」

彼との結婚生活がいざ終わるとなると、寂しさを覚えた。だが、それでも契約の終了と同時に離婚するのが当然だと思っていた。

けれど、湊斗が引き留めてくれたおかげで、立ち止まり、これからの人生を考え、本心を見つめ直すことができた。

「今年の湊斗さんの誕生日は、特別なお祝いをしたいんです。未知瑠さん、湊斗さんが喜んでくれそうなものって心当たりありますか？」

今日、未知瑠に会って相談しようと思っていたことである。

現在進行形で恋をしている未知瑠は、恋愛をしてこなかった佳純よりも異性について詳しいはずだ。それに、湊斗と過ごした時間は長く、好みも熟知しているだろう。

そう伝えたところ、「難しい相談だわ……」と、未知瑠は珍しく眉をひそめた。

「あの人、何あげても反応が薄いのよね。だいたい必要なものは自分で買うし、実用性重視だから。あげるものも決まっちゃうっていうか」

「そうなんですよね。普段使いできるものがいいかとは思うんですけど……その、告白のお返事と一緒に渡したいと思ってるから、特別感も大事にしたいというか」

悩みの種がまさにそこだった。

契約妻として見てきた湊斗は、今、未知瑠が語ったとおりの人物だ。彼の所有しているものはすべて一流品だが、けっしてブランドや値段を気にするわけではない。重要視しているのは、『機能性』や『耐久性』であり、デザイン性は特に気にしていないようだ。

「特別感を出したいのはわかるわ。でも、兄さんは佳純ちゃんがくれるなら、なんでも喜んでくれると思うけど」

「未知瑠さんは、古瀬さんにどんなプレゼントをしたことありますか?」

何気なく尋ねたところ、未知瑠がわかりやすく動揺する。

「わ、わたしは参考にならないと思うわ。……古瀬さんも癖がある人だし」

「たしかに、曲者《くせもの》な感じはしますけど。何か癖の強いエピソードがあるんですか?」

興味津々だったが、「ノーコメント」と言われてしまった。代わりに、「わたしがあげたことがあるのは、ホテルの部屋のキーよ」と、驚きの発言をする。

「えっ!? おふたりって付き合って……」

「ないけど。『ひと晩わたしと一緒に過ごして』ってお願いしたの。それくらい大胆にならないと、古瀬さんに相手にしてもらえないから」

「もしかしてそれは、『誕生日プレゼントは、わ・た・し』というやつでしょうか……?」

「その言い方はやめて! 今考えるとめちゃくちゃ恥ずかしいんだから!」

よほど羞恥を覚えたのか、未知瑠は両手で顔を覆ってしまった。

ほかの女性なら自信家だと思われそうだが、誰もが認める美女の未知瑠であれば立派な戦法である。しかも、抜群のスタイルの持ち主だ。

彼女のような女性にここまで言われては、男性も断るほうが難しい。しかし、結局古瀬に宥《なだ》められ、予約した部屋を渋々キャンセルしたのだという。

「……『あなたを好きになったら喜んで一緒に過ごします』なんて言われたら、引き下がるしかないじゃない。もうそのときから、ずっと古瀬さんを落とそうと必死よ」

「未知瑠さん、可愛い……」

佳純から見て、彼女は完璧な美女だ。さすがは湊斗と兄妹というべきか、まず容姿に見蕩れてしまう。もちろんそれだけではなく、仕事面でも尊敬できる。彼女が数年前に企画したオタク向けの宿泊イベントはすこぶる評判だった。クリエイターの原稿合宿と銘打ったその企画は、同人、商業を問わず作家たちから支持された。

イベントの参加者にはＳＮＳのフォロワー数が多い作家もいて、彼らはホテルに対して好意的な報告を上げていた。期せずして宣伝効果が上がったうえ反響も大きく、年に一度継続して企画を行なうことになったのだ。

「古瀬さんって、ものすごい精神力なんじゃないですか？　仕事もできて美人で、神作家の未知瑠さんに好きだって言われたら、普通の男の人は舞い上がっちゃいますよ」

「ありがとう、佳純ちゃん……。古瀬さんには、いつか絶対わたしを好きだって言わせてみせるから！」

日々仕事をこなし、推し活や同人誌の制作もしているうえ、好きな人にも全力で向かっていく彼女のパワフルさに、いつも元気をもらっている。

「未知瑠さんの力強さを見習いたいです。わたしは、湊斗さんのことを意識したら、ほかのことを考えられなくて。推しへの愛は変わらないのに、最近蔑ろにしている気がします」

「そんなことないんじゃない？　佳純ちゃんにとっては人生がかかっていることだし。それに、心配しなくても大丈夫！　愛情は増えていくものだしね。状況が落ち着いたら、推しへの感情も爆発すると思うわ」

未知瑠の言葉にハッとする。

湊斗との関係の変化にも戸惑ったが、彼を好きになったことにより、推しへの愛が減るような気がするのが怖かった。

けれど、愛を傾ける存在の分だけ自分の中に愛は増えるのだ。そんなことに気づけないくらいに、湊斗のことしか見えていなかった。

「未知瑠さんのおかげで勇気が出ました。わたし、最高の誕生日プレゼントを見つけて、湊斗さんをお祝いします」

自分を鼓舞するための宣言に、未知瑠は笑顔で「頑張れ」と激励してくれる。

佳純は大きな声で返事をし、彼女に感謝するのだった。

「――湊斗さん、話があるの」

その日。湊斗が帰宅すると、さっそくプレゼントについて聞いてみることにした。

サプライズも楽しいが、本人がほしい品を贈るのが一番いい。特に今年は失敗したくなかったため、直接尋ねたほうが確実だと考えたのである。

リビングで食後のコーヒーを飲んでいた湊斗は、佳純の改まった様子に首を傾げる。

「仕事終わりに未知瑠と会ったんだよな？　何かあったのか？」

「ううん、違うよ！　湊斗さんの誕生日プレゼント何がいいかと思って。ほしいものとか好みのものとか何かある？」

「今まで佳純がくれた誕生日プレゼントは全部気に入ってる。ガラスペンはオフィスのデスクで使っているし、カードケースも毎日携帯しているからな」

言いながら、湊斗が佳純を引き寄せた。彼の胸になだれ込む形で密着し、あたふたと顔を上げて抗議する。

「もうっ、湊斗さん。びっくりさせないでよ」

「悪い、つい浮かれた。プレゼントを考えてくれるのは嬉しいが、俺はきみが祝ってくれるだけで充分だ」

腰に手を回されて、顔を近づけられる。このままでは彼の色気にあてられて話どころではないと、佳純はしぶとく食い下がる。

「なんでもいいよ？　ちょっと気になってるものとか何かない？」

「そうだな……じゃあ、旅行に行くか」

少し考える素振りを見せた湊斗は、名案を思いついたとばかりに続けた。

「俺たちは新婚旅行も行っていないし、普通の夫婦らしいことをしてこなかった。ふたりで休みを合わせて二泊くらいしたいな。どうだ？」

「わたしはいいけど、湊斗さんはお休み取れるの？」

「調整する。ここ数年、長期の休暇はないに等しい。たまに休んでも罰は当たらないだろ」

力強く断言する湊斗からは、『何がなんでも休みをもぎ取る』という並々ならない決意を感じた。ワーカホリック気味な湊斗だけに、珍しい状況である。

それだけ一緒に過ごす誕生日を楽しみにしているのだと思うと嬉しくなった。佳純は「わかった」と笑顔で答えると、ポケットからスマホを取り出した。

「どのあたりで休み取れそう？　わたしはまだ冬期休暇が残ってるから、申請すれば閑散期だし休めると思う」

「せっかくの機会だから、誕生日当日を含めて休めるように古瀬に相談する。……誕生日なんて今まで興味を持っていなかったし、未知瑠や古瀬にからかわれそうではあるな」

佳純と結婚し、互いに誕生日を祝うに至ったが、それまでは特別なことはしていなかったという。さすがに子どものころは家族でパーティを開いたそうだが、中学に入るころには両親に『今後、パーティは遠慮する』と伝えたようだ。

「ご両親や未知瑠さん、寂しかったんじゃない？」

「そうでもない。未知瑠の誕生パーティはやっていたし、俺は『パーティをしても反応が薄い』とダメ出しをされていたくらいだからな」

だが、そんな自分が誕生日のために休暇を取ろうというのだから家族はさぞ驚くだろうと彼は語った。そして、これまで湊斗を秘書として支えてきた古瀬も同様だ、と。

「俺の誕生日前後に休みを取ってほしい。旅行の手配はすべて任せてくれ」

「いいの？　普通逆じゃない？」

祝う側がもてなされるような状況が疑問だったが、湊斗は「そうか？」と、楽しげな様子で佳純の頭を撫でた。

「俺が旅行したいって誘ったんだから、準備するのは当たり前だろ。佳純との初めての旅だから、全部自分でやりたいのが本音だけどな。一緒に旅行に行くのが重要で、一番ほしいプレゼントなんだ」

準備の時間も楽しいから任せてくれと言われれば、それ以上口を挟む余地はなかった。

「それじゃあ、さっそく明日にでも休暇の申請出しておくね」

「ああ。俺も、古瀬に言っておく。楽しみだな」

湊斗は心から喜んでいるらしく、自身のスマホに予定を入力している。

（でも、やっぱりプレゼントは渡したいな。今までのことを考えたら、事務用品とか日常

使いできる何かがよさそう）
初めてふたりで旅行をすることになり喜ぶ一方で、プレゼントを何にするかは決まらずに、しばらく頭を悩ませることになった。

旅行当日は、湊斗を祝っているかのように快晴だった。

湊斗も佳純も無事に希望通りに休暇が取れ、三泊四日の旅行に決まった。長期間家を空けるわけではないため、荷造りもたいした手間ではない。必要なものはすべてホテルに揃っているから、三日分の着替えだけを用意した。

そのほかに、『キノサキシジマ』のアクリルスタンドも一緒に連れて行く。これは、この前、湊斗がコンビニくじで当ててくれた賞品だ。旅先で綺麗な景色や美味しい料理とともに写真に収め、未知瑠や家族に送れば喜んでくれるだろう。

特に未知瑠からは、『夏の新刊の資料にしたいから景色をたくさん撮ってきて』と頼まれている。かなり重要なミッションだ。

ちなみに彼はどこへ行くかは『当日のお楽しみ』だと教えてくれなかったが、代わりにパスポートの残存期間を問われ、準備しておくよう告げられた。着替えは薄手のものと指定があり、おそらく南国へのフライトだろうと予想した。

まさか海外旅行を考えていたとは思わなかったが、湊斗はいつになくワクワクしているようだった。普段は社長として隙のない振る舞いをしているが、ふたりきりのときは佳純に気を許し、リラックスしている。それが嬉しい。

（プレゼントも用意したし、あとはタイミングを見て告白の返事をするだけ！　湊斗さんの記憶に残るような最高の誕生日にしよう）

湊斗の運転する車で成田空港に到着すると、そこで行き先が明かされた。常夏の国、グアムである。

日本から約四時間で着くことや、三泊四日の旅行にちょうどいい移動距離ということで選んだのだという。だが、一番の理由は『新婚旅行っぽい』からだと聞いて、驚きと照れくささを抱いて機上の人となった。

成田空港を出発して約四時間で、アントニオ・B・ウォン・パット国際空港に到着した。ホテルまでは送迎車で十五分程度の距離とあり、あっという間にホテルの外観が見えてくる。時差も一時間しかなく、移動の負担はまったくなかった。

まだまだコートやマフラーが手放せない日本とは違い、グアムはやはり気温が高かった。あらかじめ成田空港でコートを脱いで薄着で出国したが、グアムに到着するとやはり暑さを感じる。異国を訪れたのだと空気が物語っていた。

「意外と早く着いたね」

チェックインを済ませて部屋に荷物を置くと、佳純は大きく息を吐いた。

今いるのは、ホテルの最上階に位置するプレジデンシャルスイートである。リビングから寝室に至るまで紺碧《こんぺき》の海を臨め、どの部屋からもバルコニーに出られる造りだ。

ブラウンを基調にした調度品は上品で、ゲストがリラックスできるように計算された配置になっていた。

「ああ。いい旅になりそうだ」

ひと通り部屋の中を確認し、湊斗が言う。その目は忙しなく部屋を観察しており、つい微笑んでしまう。

「湊斗さん、〝社長〟の顔してる」

「そうか?」

「スーパーバイザー並みに部屋をチェックしてるよ」

普通のゲストがスイートに入ったのなら、まず見事な景観に目を奪われるだろう。窓の外一面に広がる青い海と空は、旅の高揚感を増幅させる。

けれど彼が最初に見ているのは内装や調度品の配置だった。アメニティはどこのブランドを使用し、家具はどこの国で作られたものなのか。そういったことに意識が向かうのは、他社のホテルからも貪欲に学ぼうとしているからだ。

佳純の指摘に、湊斗は苦笑を零す。

「悪い。つい、いつもの癖が出た」

「ううん、いいの。仕事をしているときの湊斗さん、家にいるときとは全然雰囲気が違うから見ていて楽しいよ」

「そうか？」

「わたしたちって、一緒に仕事をするわけじゃないでしょ？　だから、たまに館内で湊斗さんを見かけるときは別人みたいに感じるんだけど、仕事中はすっごく素敵だよね」

お見合いの席で見たときの彼も、他社のホテルを見学していた。いつも湊斗の頭の中には『Ａｋａｔｓｕｋｉ』があり、生活の一部になっているのだと知った。

自身の結婚ですら合理的に考えていた彼だが、自社に関しては思い入れが違う。一緒に住んでいた三年間も仕事優先で、私的な用事で休んだことは一度もない。

「自分の大切なものには、すごく愛情を注ぐよね、湊斗さん」

微笑んで告げると、彼がぐいっと顔を近づけてきた。

「今は、その中にきみも入ってる。むしろ、愛情を注ぎ足りないくらいだ」

「……色気！　ちょっと抑えようよ！」

ふたりきりのときしか見せない表情は、ぞくりとするほどの艶を滲えていた。

初めての旅行と誕生日プレゼントに気を取られていたが、以前湊斗からは『誕生日に、佳純を抱きたい』と告げられている。心の準備が整ったとは言いがたいものの、好きな人と結ばれたいという気持ちはあった。

（もしかしてこの状況……未知瑠さんに言った『プレゼントは、わ・た・し』っていうやつでは……⁉）

今さらながらに意識して、心臓がばくばくと動き出す。これまで契約妻として過ごしていたが、今日を境に関係が変わるのだ。いや、その前に告白の返事をしてプレゼントを渡さなければならない。

浮かれている場合ではなかった。今日という日が最高の一日になるよう湊斗を心から祝おうと決意した佳純は、彼を見上げて毅然と言い放つ。

「湊斗さん、せっかく旅行に来たんだし、バカンスを満喫しようね」

「ああ。まずはビーチに行ってみないか。ここからなら徒歩で行けるし、佳純が平気なら少し足を伸ばしてガンビーチに行ってもいい」

「体力なら有り余ってるから大丈夫！　この機会に羽を伸ばさなきゃ」

彼はかなりのワーカホリックだ。誕生日くらいは、日常を忘れて楽しんでほしい。佳純が意気込んでいると、湊斗は「じゃあ、例のものを持って行こう」と笑った。

「例のもの？」

「アクスタ持ってきてるんだろ。写真を撮るつもりだったんじゃないのか？　今から行けば、マジックアワーが撮影できるぞ」

当然のことのように言う湊斗に、慌てて両手を左右に振った。

「今日は推し活はお休みだよ！　湊斗さんの誕生日なんだし、湊斗さんが楽しめることをしようよ」

「それなら、なおのこと佳純は推し活をするべきだな。俺は、きみが嬉しそうにしているのを見るのが好きだから」

最近の湊斗は、佳純を意識的に動揺させていた。ダダ漏れる色気と恋情を隠しもせずに近づかれると、目眩がしそうなほど狼狽する。

しかし今は、そういう意図は感じない。本気で考えていることが自然に口から出たようだった。だから、よけいに胸が高鳴る。顔が熱くなり、叫び出したくなるくらいだ。

「湊斗さんは仏様だね」

「神仏化はやめてくれ。手を出しにくくなる」

複雑そうに笑った湊斗は、「着替えてから出かけよう」と、寝室へ向かった。

スイートはそれぞれの部屋が広々としているため、ふたりで利用するにはもったいないほどだ。それでも少し意識してしまうのは、寝室にキングサイズのベッドが置かれていたからだ。

ツインルームでも緊張するが、同じベッドで眠るとなるとさらに緊張が増す。結婚して三年だが、同じ部屋で寝起きするのは初めてなのだから当然だった。

（今から気にしてたら、夜にはどうなっちゃうんだろう）

佳純は羽織っていたジャケットを脱いだ。下に着ていたのは、白のロングワンピースだ。スカートにレース生地が使用され、パフスリーブがアクセントになっている。日本では季節を先取りしすぎている格好でも、グアムの気候だとちょうどいい服装である。

「準備できたか？」

「うん、あとはアクスタを持って……」

背後から声をかけられた佳純は、振り返った瞬間に言葉が出てこなくなった。

私服の湊斗が、息を呑むほど素敵だったからだ。

デニムとノーカラーの麻のシャツというシンプルさだが、それがまたリゾート感があってよかった。冬場の間は隠れている前腕伸筋群が露出し、筋が浮き出ているのがセクシーだ。時計もビジネス時とは違い、無骨なクロノグラフをつけていてよく似合っていた。

（語彙《ごい》がないのが悔しい。この感動を伝える言葉が見つからない……）

湊斗を好きだと認めたときから、湊斗がより格好よく見える。彼の周囲だけ輝いているかのようだ。

「佳純？　行かないのか？」

「ううん！　ちょっと待ってて」

声をかけられてハッとすると、荷物の中からアクスタを取り出す。湊斗に見つからないようにプレゼントをこっそりとバッグに忍ばせると、彼とともに部屋を出た。

グアムの観光産業の中心地であるタモン、その北部にガンビーチはある。透明度が高く、シュノーケリングスポットとしても有名なパブリックビーチだ。

旧日本軍の大砲が残っていることが名前の由来だが、そんな物騒な空気は美しい海の前ではなりを潜めている。

タモンビーチと比べると人はあまりおらず、のんびりと景観を楽しむことができる。遠浅のため、海の中に入って遊ぶこともできそうだが、海中の珊瑚《さんご》で足を痛めることもあり、マリンシューズが必要だと湊斗は語った。

「湊斗さんは、グアムに来たことがあるの？」

「新しいホテルのオープニングレセプションに呼ばれてきたことがある。でも、観光はしなかったな」

「そっか。忙しいもんね」

「いや、ある程度時間の融通は利いた。単純に、必要性を感じなかったんだ」

観光に時間を割くよりも、レセプションに参加していた他業種の経営者と交流を図るほうが有意義だと考えていたという。観光地の情報を頭に入れてさえおけば、わざわざ現地へ赴く必要はないだろう、と。

「だが、今、きみと見ているグアムの海は綺麗だと思う。佳純と一緒じゃなければ休みを取ろうとも、観光しようとも思わなかった」

「湊斗さんが楽しめてるならよかった」

微笑んだ佳純は、持ってきたアクスタを取り出した。波打ち際まで足を運んで画角を決めながら、独白のように続けた。

「わたしは、湊斗さんとは正反対かも。仕事は好きでやりがいも感じてるけど、生活のすべてじゃないっていうか……推し活とか、生きていくために働いているというかというか」

『Ａｋａｔｓｕｋｉ』に憧れて入社したが、彼のように、仕事と人生をイコールに考えてきたわけではない。あくまでも、仕事は生活の糧と考えている。家族や友人との時間も、推し活も仕事も、佳純を形作るうえですべて大切なのだ。

だからこそ、湊斗の生き方が眩しい。

「仕事は……『Ａｋａｔｓｕｋｉ』は、湊斗さんの一部なんだよね。スタッフもゲストも、みんなを幸せにできる空間を創れるのってすごいと思う」

自分の人生に後悔はないが、彼のような生き方にも憧れる。尊敬、という感情が一番近いかもしれない。湊斗もまた、佳純と同じで自分を悔いてはいないだろうから。

「きみは、いつも俺を認めてくれるな」

湊斗がふと笑みを浮かべた。アクスタを眺めながら、波打ち際にしゃがみ込む。

「俺は、佳純と結婚して意識が変わった。きみの推し活は、生活の張りであり活力だろ。『滅亡の聖戦』について話したり、イベントに参加している姿に充実しているんだと感じる。きみの話を見聞きしていると、自分まで楽しくなるんだ」

未知瑠が趣味に興じているのを知っても、無駄だとしか思っていなかったのだと湊斗は言う。プライベートや趣味であろうと、仕事に結びつかなければ無意味でしかない、と。

「俺は、佳純の生き方が好きだ。しなやかで、逞《たくま》しくて、人生を楽しんでいる。たしかに俺とはまったく違うかもしれないが、だからいい刺激になるし目が離せないんだ」

言いながら、立っていた佳純を手招きする。

「そろそろ日が沈んでくる。絶好の映え写真が撮れるぞ」

「ありがとう、湊斗さん！」

彼の傍らにしゃがんだ佳純は、アクスタと海が綺麗に写る位置で連写した。マジックアワーにはまだ早いが、それでも海面に太陽が反射している光景は美しく、一生の思い出に残る景色だと思えた。

「上手く撮れたよ！」

となりの湊斗に画面を見せると、「よかった」と笑って頭を撫でられた。

（湊斗さんが笑うと、どうしてこんなに胸がいっぱいになるんだろう）

大声で叫びたいような、彼に思いきり抱きつきたいような衝動に駆られる。迫られれば意識しすぎて動揺するのに、それでももっと近づきたいという欲が抑えられない。

彼と視線が絡む。潮の香りと熱を孕《はら》む風に頰をくすぐられながら見つめ合っていると、まるで物語のヒロインになった気分だ。

湊斗の強い眼差しが、佳純の鼓動を跳ねさせる。このままキスをしたい、してほしいと自然と思う。告白され、彼との未来について考えたときから。すでに、結果は決まっていたのだ。

彼に想いを伝えたい。これまで以上に強く感じたときである。

湊斗のスマホから、メッセージアプリの通知音が鳴った。

「悪い」と断りを入れてからスマホを確認した彼は、「両親からだ」と肩を竦めた。

「誕生日には毎年メッセージをくれるんだ。結婚してからは、仕事にかまけていないで、奥さんを大切にしろとしつこく言ってくる」

「そっか……お義父さんとお義母さんも、わたしたちを心配してくれてるんだよね」

離婚が前提の契約結婚だから、ふたりともお互いの生活に踏み込まなかった。両親たちに対しても同じだ。三年後に赤の他人となるのだから、必要最小限の交流に留めていた。きっと言いたいこともたくさんあっただろうに、静かに見守ってくれていたのだ。

「湊斗さん、ふたりの写真をご両親に送ろうよ。そうすれば、少しは安心してくれるんじゃないかな？　あっ、動画のほうがいいかも！」

佳純はアクスタをバッグにしまうと、湊斗のとなりでスマホを翳した。

「じゃあ、撮るよー？　――お義父さん、お義母さん、今、湊斗さんとグアムに来ています。誕生日のお祝いに、お休みを合わせて来たんです」

画面を海に向け、それからふたりが映り込むようスマホを移動させる。湊斗は戸惑っていたが、嫌がっている素振りはなく、佳純の好きにさせていた。

「今年は、わたしたちにとって結婚三年の特別な年で……こうして湊斗さんと過ごすことができて、すごく幸せです」

湊斗の両親に、というよりは、彼に向けてのメッセージだと思いながら言葉を継ぐ。

「来年も再来年も、この先ずっと湊斗さんの誕生日をお祝いしたいです。今年はふたりでしたけど、いつか未知瑠さんや家族も集まって……わあっ⁉」

最後まで話し終える前に湊斗に腰を摑まれ、ひょいと抱き上げられた。地面から足が浮き、彼の顔を見下ろす体勢になってしまう。

「ちょっ……危ないよ、湊斗さん！」

「動画撮影はまた今度だ」

彼はどこか余裕がない顔で、佳純を見つめた。

「本当は、マジックアワーを見たあとにレストランで食事をして、グアムの夜を満喫しようと思っていた。でも、きみの今の言葉を聞いたらもう駄目だ。──今すぐ部屋に戻って、佳純を抱きたい」

ゆっくりと太陽が沈み、ふたりの姿を夕陽が照らす。海面はきらきらと輝き、夢の中にいるような美しい光景の中、佳純は彼の首に抱きついた。

「……うん、いいよ」

溢れそうな気持ちを伝えるには、言葉だけでは物足りないのはふたりとも同じだった。

「大好き、湊斗さん」

ありったけの力をこめて湊斗を抱きしめると、彼も応えてくれる。互いの心音が重なる心地よさに、しばらくふたりで浸っていた。

そこからは、会話をほぼ交わさずにホテルへ戻った。

気まずいわけではない。ただ、ふたりともこのあとに何が起こるかを理解していて、高揚と羞恥が入り交じっているのだ。

固く手を繋いだままスイートに入ると、部屋のドアが閉まった瞬間に唇を奪われた。

「ん、ぅ……っ……ンンッ」

もう待てないとばかりに性急なキスに、息をすることすらままならない。舌を挿入され、口腔をかき混ぜられると、彼の熱にあてられて鼓動が跳ねた。

今までも幾度となく口づけられてきたのに、今のキスはこれまでとはまったく違った。濃厚で、欲情をぶつけてくるような激しさを持っている。

(頭が、ぼうっとしてくる)

ただでさえ、彼とキスをすると何も考えられなくなる。それなのに、端から深く長く唇を重ねられればもう駄目だった。

「湊斗さ……待っ……」

息継ぎの間に胸を押し返し、落ち着こうとする。けれど彼は、佳純の腰に片腕を巻き付けて身体を密着させると、至近距離で囁いた。

「なるべくなら、きみの願いは聞いてやりたい。でも今日は自制できそうにない」

呼気が耳朶をくすぐり肩を竦めると、彼の手がワンピースのボタンにかけられた。器用に外していきながら、佳純を逃すまいとするかのようにキスを繰り返す。寝室に移動する間すら惜しむ湊斗の姿に、求められているのだと強く感じる。

(ずっと、わたしを待っていてくれたんだ)

佳純が彼の気持ちに追いつき、同じ想いを抱くことを誰よりも望んでいた湊斗だから、ふたりの想いが重なった今、止まることができないと言っている。

肩からワンピースが滑って床へ落ちる。彼は服に構わずに、そのまま佳純の腕を引き、寝室に入った。勢いよくベッドに押し倒されたが、まったく衝撃がない。職業柄、つい意識を一瞬だけ寝具へ向けると、気づいた彼がふっと笑った。

「今、きみが何を考えているのかわかる。俺よりも全然余裕みたいだな」

「えっ、あ……そんなことないよ?」

どちらかと言えば、恥ずかしさでどうにかなりそうなところを耐えている状況だ。ベッドに意識を向けられたのは、単に日常に根付いた仕事に関わることだったからで、けっして余裕があるわけではない。

そう伝えようとしたけれど、湊斗はその前にブラを押し上げた。ふるりと零れ落ちた乳房の頂きにすぐさま吸い付き、強く吸引する。

「あっ、ん……っ」

胸が露出しただけでもかなり動揺するのに、彼に舐められていると思うとよけいにドキドキしてしまう。性の知識だけはあるが、実体験はないだけに戸惑いが隠せない。

いわゆるティーンズラブやボーイズラブといった性描写のある作品も読むが、創作物だから誇張表現があるのは当然だと思っていた。だが、今、物語の中の人物よりも、自分は感じているのではないかと思える。

(だって、胸を舐められただけなのに……こんな……)

恥部が熱く、ショーツの中がしめっているのがわかる。キスをしているときからすでに身体が火照っていたが、直接愛撫をされたことでなおさら濡れてしまった。

自分が感じやすいのか、それとも湊斗が上手いのか、経験のない佳純には判断できない。けれど、彼を好きだからこそ身体が反応していることだけは理解している。

「湊斗……さ……ぁんっ」

彼は両手で乳房を中心に寄せ、先端に交互に舌を這わせた。滑ったそれに乳頭を舐めまわされ、意図せず腰が跳ねる。

湊斗とこうしていることが夢のようだ。離婚をすることが決まっていた結婚であり、恋愛をしようとは思っていなかったから。

しかし、恋を知った今は、文字通り人生が変わった。ひとりでも生活を楽しめるが、湊斗と一緒に感情を共有できる幸せは何物にも代えがたいものだった。

「可愛いな。もっときみを乱れさせたい」

「ン……ああっ」

胸から顔を上げた湊斗は、ショーツの上から花芽を引っ掻いた。瞬間、胸への愛撫とは違う種類の快感が全身を走り抜ける。

（こんなに気持ちいいものなの……⁉）

彼の愛撫を受けるたび、佳純の心は乱れていく。何をされても快感を得てしまう。体内は蕩けていき、淫らな欲情が溢れてくる。

「佳純……俺にきみのいい場所を教えてくれ」

「そ、そんなの……言えないよ……」

そもそも、どこに触れられても気持ちいいと感じている。しかし、そうと告げるだけの開き直りは持てない。

小さく首を振って否を伝えると、湊斗の口角が引き上がる。

「それじゃあ、いろいろ試して探ることにするか。きみの反応を見て、どこがより感じるのかを確かめる」

彼は秀麗な顔に喜色を浮かべ、ショーツを脇によけた。肉筋に指を差し入れられ、無意識に腰を引こうとする。けれど、素早く襞《ひだ》を掻き分けた指先が花蕾《からい》に触れた。ショーツの上から刺激されていたそこはすでに過敏になっていて、びくりと腰が揺れる。

「ああ、ここは好きなんだな」

「や、ぁっ……あんまり、いじらない、でぇっ……」

ただでさえ濡れているのに、これ以上いじくられると恥ずかしい有様になる。それなのに、湊斗は佳純の制止を聞くどころか胸へも手を伸ばした。

先ほどまで舐っていた頂きを指に挟み、唾液を塗《まぶ》して扱き上げる。凝《しこ》ったそこは芯を持ち、同時にいじくられている肉蕾と連動して快楽を刻まれていく。

佳純は言葉にならない喘《あえ》ぎを漏らしながら、シーツをかき乱した。湊斗の舌や指に追い詰められて、じっとしていられない。体内が愉悦に塗《まみ》れていき、淫らな熱が零れ落ちる感覚に身悶えた。

いつの間にか自然と脚が開いていき、彼が動きやすい体勢になっている。それは無意識の行動で、身体がより快感を求めているのだ。

「だいぶ濡れてきたな……ほら」

花芽を苛めていた指を持ち上げた湊斗が、佳純の目の前にそれを差し出す。愛液をたっぷりと纏って濡れそぼった彼の指は、ひどく淫靡に見えて直視できない。つい顔を背けようとしたが、湊斗は見せつけるようにして自身の指を舐めた。

「な、何して……！」

「言っただろ。味わう、って。けど、やっぱり直接のほうがいいな」

彼の目の奥に欲望の火が垣間見える。この三年間を共に過ごした中で、今が一番、湊斗が男性なのだと強く意識させられる。

愛液を舐め取るしぐさすら絵になり、目を逸らしたいのに逸らせない。初めて目の当たりにする彼のすべてを記憶しておきたい。普段は紳士的な男が見せる淫らな表情を独り占めしているのかと思うと、奇妙な高揚感で心音が速くなった。

「湊斗さんは、ずるい……」

いる人だ。

過言ではない。ホテル王という呼び名にふさわしい実力と、それ以上の努力で今の地位に

恐ろしく完璧な容姿に、合理的で無駄のない言動の湊斗は、二次元の住人だといっても

「……だって、何してもかっこいいし」

「何がだ?」

にもかかわらず、妻には甘くいやらしく迫るなど、とんだギャップである。

「あんまり……ドキドキさせないでほしい」

ついぼやくと、湊斗の喉が上下に動いた。

「俺だって、きみよりもずっと前からドキドキさせられてる。それでも、なるべく理性的にしてきたつもりだが……」

切なげに告げた湊斗は、次の瞬間に佳純の両脚を持ち上げた。胸に膝がつくような格好をさせられて驚いていると、彼が恥部へ顔を寄せる。

「やっ……」

「俺がこの日をどれだけ待っていたか、きみは知らないだろ。もう止まれないぞ」

宣言した湊斗は、淫孔から零れた愛液を舌で舐め取った。ぴったりと閉じている肉筋を舌で掻き分け、先ほどまで指で刺激を与えていた陰核にそれを巻き付ける。

「んぁ……っ」

敏感になっていた肉粒に舌を擦り合わせられ、腰に甘い痺《しび》れが走る。剥き出しになった肉蕾は、すぐさま彼の愛撫を悦び愛蜜が噴き出した。指とは違うやわらかな感触に、あられもなく腰が揺れ動く。

「駄目……えっ……汚い、からぁっ」

ただでさえ舐陰は恥ずかしいのに、グアムに着いてからまだシャワーを浴びていない。

触れられたくないわけではないが、抵抗があるのも事実だ。

しかし彼は、気にも留めずに秘部に顔を埋めている。佳純の気持ちよりも自身の欲望に忠実になっていた。『止まれない』との言葉通りに実行し、身体を蕩けさせていく。

淫悦と理性の狭間で佳純は揺れていた。彼にならば何をされても気持ちよく、すべてを委ねてしまいたい。その一方で、かろうじて残っていた羞恥心が早く止めろと訴える。

「湊斗、さん……っ」

思わず彼を呼ぶも、やはり湊斗は止まらなかった。佳純の葛藤を薙《な》ぎ払うかのように、舌が蜜孔に入ってくる。熱く潤んだ浅瀬をぬるぬると刺激され、初めての感覚に息を呑む。

（こんなことを湊斗さんがするなんて……！）

腰を浮かせられているせいで、恥部に顔を埋める彼がよく見えた。したたり落ちる愛液を啜《すす》り、舌を小刻みに動かし花芽を揺さぶる。その表情は、オフィシャルな場で見るホテル王ではない。佳純のことだけを求めている〝夫〟の顔だった。

湊斗は自分のすべてを受け入れ、愛してくれているのだと佳純は思った。どれだけみっともないところを晒そうと、彼ならば大丈夫だと確信する。

心が緩やかに解放されるのを感じたとき、蜜口から愛汁が大量に流れ出た。すると、それを舐め啜った湊斗が唇を離し、ひくひくと蠢く肉孔に指を差し入れた。

「や、ぁあ……ンンッ」

たっぷりと舌で解された膣内《ちつない》は難なく彼の指を呑み込んだ。指の節が媚壁《びへき》に引っかかり、腹の奥がきゅんと窄《すぼ》まる。

「痛みはなさそうだな、よかった」

ふっと微笑んだ湊斗は、優しい動きで佳純の内部を探っていく。浅い場所をゆっくりと行き来し、空いている手で胸のふくらみを揉み込んだ。

「ん、あ……っ」

先ほどから艶声が止まらない。彼の愛撫に応えて体内が潤み、より強い刺激を求めるかのように蠢いている。

湊斗は指の腹で媚壁を撫で、そうかと思えばぐいっと押した。そのたびに意図せず腰が跳ね、彼の指を締め付けてしまう。

自分の意思ではどうにもできない。湊斗に操られるまま、佳純は快感にひとり悶えた。肉壁をぐいぐいと押し擦られると、下腹部が逼迫《ひっぱく》した感覚がする。それは尿意によく似ていて、思わず下肢に力をこめた。

「湊斗さ……これ以上は、駄目……ッ」

粗相をしそうな気がして声を上げると、指の動きを止めた湊斗が顔を近づけてきた。

「嫌なのか?」

「違うの……そうじゃなくて、その……」

さすがに、漏らしそうだからとは言いにくい。言葉を濁す佳純に、彼は「嫌じゃないならやめる必要はないな」と笑った。

「今夜は、本気で止められない限りやめるつもりはない。佳純の全部を見て、味わって、記憶に焼き付けたい」

「んああ……っ」

乳首をこりこりと扱きながら、臍《へそ》側の肉壁を重点的に擦られる。彼の指が動くと、ぬちゅり、と淫らな音が鳴り響く。けっして激しいわけではないのに、的確に刺激された体内がどんどん高まっていた。

(駄目……だめ……っ)

湊斗は佳純が感じる場所を本人よりも理解しているようだった。蜜口に挿入した中指で膣壁を擦り、親指で掠めるように陰核を撫でる。今まで快感を知らずにいたからか、与えられる刺激に素直に反応した。

下腹部が切実になってくる。このままでは失態を晒すことになるのに、湊斗は愛しげに佳純を見つめるだけだった。

「イッていいよ、佳純。可愛い顔を俺に見せて」

彼の声は、何もかもを許容してくれるという安心感を与えてくれた。

乳首を抓《つね》られ、媚壁を圧迫された佳純は、湊斗の言葉に導かれ絶頂へ駆け上がる。

「やっ、んぁあ……——っ」

びくっ、びくっ、と体内が収縮し、彼の指を深く咥え込む。恥部からは透明な液体が噴き零れ、粗相をしたように濡らしてしまっている。

「っ……ご、めんなさ……」

「どうして謝るんだ？　俺がきみのイッた顔が見たくてしたことだ」

言いながら、膝立ちになった湊斗が服を脱いだ。引き締まった上半身は、やはり二次元を思わせる。無駄のない筋肉のつき方に一瞬見蕩れていると、下半身が隆起していることに気づいて顔を背ける。

湊斗の欲情が目に見える形で現れたのを直視できない。嫌悪感ではなく、単純に見慣れていないから反応に困っているのだ。

絶頂の余韻が残る身体でぼんやりとしていると、ガサガサと音がした。それがなんの音なのかに思い至ってハッとする。

同人誌や商業誌でさんざん見てきた、いわゆる避妊具を開ける音である。

(まさか自分が体験することになるなんて……!)

こういう場合、自分はどう振る舞うのが正解なのか。身体が上手く動かないまま、ぐるぐると考え込んでいたとき。

「佳純」

名を呼ばれて顔を向けると、いつの間にか湊斗に見下ろされていた。

「下着を脱がせるから、腰、上げられるか?」

「ん……」

わずかに腰を浮かせると、湊斗が素早く下着を引き抜く。愛液をたっぷり含んだそれを床に抛《ほお》った彼は、佳純の膝に手をかけた。左右に大きく脚を広げ、閉じないように自身の身体を滑り込ませる。

(あ……)

割れ目に肉塊が押しつけられてドキリとする。予想よりもはるかに大きな質量を感じるそれは、湊斗の興奮を表していた。

無意識に腰が引ける。だが、佳純の膝裏に腕を潜《くぐ》らせた彼は、怒張した雄槍を蜜口に押しつけた。あてがわれた肉茎は被膜越しにもひどく熱く、どくどくと脈を打っている。膨らんだ欲望を肉筋に擦りつけられると、下腹部が疼いた。

「挿れるぞ」

湊斗は優しく告げると、ぐっ、と腰を押し進めてきた。

「んっ……ぁあ……ッ」

狭い膣口に肉傘がねじ込まれ、反射的に身体が強張る。初めて感じる湊斗自身は想像が追いつかないほどに大きく、入り口を圧迫している。

充分に濡れていたし、解れたはずなのに、それでも挿入にはかなり痛みが伴った。身体の一部が引き裂かれたような衝撃だ。

けれど、痛みよりも喜びのほうが大きい。彼と想いを交わし、本当の意味で夫婦になれたから。

（こんなに幸せなことだったんだ）

人生に恋愛が必要なく、今のままでも幸福だと思っていた。それでも、湊斗に告白されて、自分の気持ちを見つめ直し、好きだと認めたことで得られる充足感があると知った。

湊斗に愛されている実感と彼への想いが、身体をゆるやかに拓かせる。

ふっと身体から強張りが解けると、彼はそれを見逃さなかった。肉傘だけを挿入していたところに、一気に根元まで突き入れてくる。

「あぅっ……ンンッ」

「悪い。痛むか？」

最奥まで自身を埋め込むと、湊斗が気遣わしげに声をかけてくる。その優しさが嬉しくて、佳純は微笑んでみせた。

「へいき。……ちょっと痛いけど、今、すごく幸せだから」

「……俺は今、きみをめちゃめちゃにしそうな衝動に耐えている」

「え……？」

眉根を寄せた湊斗が、苦しそうに言う。

「できる限り優しくする。けど、駄目だったら怒ってくれていい」

告げた瞬間、湊斗は限界まで自身を引き抜き、ふたたび最奥に雄槍を突き刺した。

「っ、ああ……！」

彼が動き始めると、ぐちゅっ、ずちゅっ、と、淫らな音が大きく鳴る。骨まで軋《きし》むような重い抽挿で視界が歪《ゆが》み、意識を保つだけで精いっぱいだ。

彼の形に膣内が拡がり、肉槍が媚壁を刮《こそ》ぐ。一度達した身体は、徐々に湊斗自身を受け入れ、痛みを快楽に変換する。

少しずつ、だが、確実に、佳純の身体が作り替えられていく。

雄茎の抜き差しが激しくなり、乳房が上下に揺れる。淫らな光景を目にすると、なぜだか内部にいる彼を締め上げた。

「っ、は……」

湊斗は腰の動きはそのままに、艶っぽい吐息を漏らした。額から滴り落ちる汗に切なげな表情はこれ以上ないほど色気があるが、何かを堪えているようで苦しそうだ。

「湊斗さん……大丈夫……?」

「……ああ。もう少し、強くしてもいいか?」

今でも充分激しいが、それでも加減してくれていたようだ。佳純が小さく頷くと、湊斗は不意に体勢を変えた。体重をかけてのし掛かってくると、ふたたび腰の動きを速める。

「んっ！　ゃあ……っ」

抽挿の再開に思わず声が漏れる。先ほどより肌が密着し、より繋がりが深くなった。湊斗の息遣いや汗の香りが、佳純の快感を増幅させていく。

(気持ち、いい……)

不思議なことに、時が経つと痛みよりも愉悦が増えていった。彼自身と自分の胎内が馴染んでいくのがわかる。大好きな人に抱かれている悦びを享受しようと、蜜壁が貪欲に肉棒を食い締めている。

「佳純のおかげで、最高の誕生日になった」

耳元で囁かれ、胸がときめく。本当はもっとしっかりお祝いしたかったのに、自分のほうがプレゼントをもらった気分だ。

「来年は……最高を、更新する……から……ぁっ」

肌がぶつかり合う音が響き渡る中、互いに想いを伝える。この時間が永遠に続けばいいと佳純は思った。誰よりも近い場所に湊斗がいて、愛情を注いでくれる幸せは絶対に手放せないと改めて心に刻む。

「プレゼント、も……あとで、受け取って、ね？」

「ああ。……楽しみだ」

蜜孔を圧迫している湊斗自身が、さらに質量を増した。肉洞を押し拡げられて最奥を貫かれる感覚に身震いし、彼の背中に腕を回す。

昂ぶりが熟れた媚肉を余すところなく擦り立て、喜悦を植えつける。蜜窟で攪拌《かくはん》された愛液がずぶずぶと音をかき鳴らし、肉の摩擦が齎《もたら》す心地よさに身を委ねた。

「っ……」

息を詰めた湊斗が、腰を振りたくる。今、互いのことだけを考えて求め合っている。触れている肌からそれが伝わり、佳純の胎内が窄まった。

「湊斗さ……また……っ」

迫り来る絶頂感を訴えると、湊斗の突き込みが鋭くなった。

「今度は、一緒にイクぞ」

「あっ、く……も、だめ……っ」

必死に彼の背にしがみつき、爪を立てる。わずかに顔を上げた湊斗は佳純と視線を合わせると、唇を重ねた。

「ん、む……ぅっ」

がつがつと腰をたたきつけられ、肉襞が収縮する。

佳純が二度目の絶頂を迎えたのと同時に湊斗自身も限界に達し、それを最後に意識が途切れた。

＊

その日の夜中。ふと目覚めた湊斗は、どこか地に足がつかない心地でサイドテーブルのスマホに手を伸ばした。

時刻は午前二時。起きるにはまだ早い時間だ。しかし、気分が高揚しているせいで、ふたたび寝る気にはなれずにそっと上半身を起こした。

となりでは、佳純が寝息を立てている。初めて同じベッドで眠ったが、想像よりもずっと満たされた気持ちになった。

(最高の誕生日だったな)

本当は、佳純にグアムを満喫させたかった。けれど、ビーチで彼女が言った言葉は湊斗の心を撃ち抜き——理性を飛ばしたのだ。

『来年も再来年も、この先ずっと湊斗さんの誕生日をお祝いしたいです』

湊斗の両親に向けての動画撮影だったが、告白に対しての返事だと受け取った。あのときの佳純は、今まで見てきた中で一番美しく、覚悟を持った目をしていた。

(俺と夫婦でいることを選んでくれた)

そう確信すると、いてもたってもいられなくなった。早く佳純を自分のものにしたい一心でホテルに戻り、夕食もとらないまま身体を貪ったのだ。

少し落ち着いてから風呂に入りルームサービスをとったが、さすがに佳純は疲れていた。食事を終えてすぐに彼女は船をこぎ始めたため、湊斗がベッドに運んだのである。

その後、佳純の寝顔を眺めているうちに眠りに落ちたものの、深く寝入る前に目が覚めてしまったというわけだ。

(今夜はこのまま起きているか)

佳純と契約ではない本物の夫婦になれた。それが自分の誕生日とは、一生忘れられない記念日だ。

こんこんと眠る彼女の髪を撫でていると、たとえようのない幸福感で満たされた。だが、それと同じくらいに不埒な欲望が頭を擡《もた》げる。

薄く開いた佳純の唇に深く口づけたい。薄手で無防備なルームウエアを剝ぎ取り、全身にキスをして自分を刻みつけたい。

一度抱いたことで、欲が膨れ上がっている。ただ寝顔を見ているだけなのに欲情している自分が獣のように思えたが、好きな女性とベッドにいて手を出さないほど紳士でもない。ただでさえ今まで我慢をしてきたのだから、それもしかたのない話だった。

(風呂でも入って落ち着いたほうがいいな)

このまま悶々と過ごすよりも、熱いシャワーを浴びて頭をすっきりさせたほうがいい。

佳純を起こさないように、そっとベッドから出ようとする。ところが、シャツの裾を引っ張られる感覚に動きが止まった。

首だけを振り向かせれば、眠たそうな顔で佳純がこちらを見ていた。

(可愛いな)

ごく自然に考えてからハッとする。

「……起こしたな、悪い。シャワーを浴びてくるから、きみは寝ててくれ」

「いま、何時……?」

「午前二時を過ぎたところだ」

告げた瞬間、それまでぼんやりとしていた佳純は、思いきり目を見開いた。弾かれたようにベッドから飛び起き、スマホを手にして愕然《がくぜん》とする。

「た……誕生日が、終わっちゃった……」

「ん?　ああ、そうだな。きみのおかげで、最高の誕生日だった」

心からの感謝を告げると、彼女はがっくりと肩を落とす。

「ちょっと待ってて！」

言うが早いかベッドを抜け出した佳純は、リビングへと駆けていった。何を焦っているのか皆目見当がつかずに茫然としていたところ、自分のバッグを手に戻ってきた彼女は、なぜかベッドの上に正座をした。

「……本当は、昨日のうちに渡そうとしてたの。でも、なんだかんだと渡すタイミングを失って……ビーチなんてすごくロマンチックで、絶好のシチュエーションだったのに」

心底残念そうに眉尻を下げ「ごめんなさい」と謝罪した彼女は、ごそごそとバッグの中から小さな箱を取り出した。

「遅くなったけど、誕生日おめでとう」

「ありがとう……開けていいか？」

「もちろん」

佳純と初めて旅行をし、告白を受け入れられた。誕生日に充分すぎるプレゼントをもらっていたが、改めて祝われるとやはり嬉しい。

リボンを解き、包装を丁寧に開いていく。彼女と結婚してからは、こうしていつも祝ってくれていた。これまで特別な想いを抱いていなかった誕生日が意味のある日に変化したのは、佳純がいてくれたから。

今までにくれたガラスペンもカードケースも、湊斗の好みに合わせたものだった。彼女が自分のことを考えて選んでくれたのがよくわかる品で、職場でも愛用している。

今回は何を贈ってくれたのか。そうっと蓋を開くと、中に入っていたのはネクタイピンとカフリンクスだった。

「好きな人にプレゼントするなんて初めてだし、何がいいかめちゃくちゃ悩んだの。でも、身につけてもらえる品がいいなって思って……」

佳純は照れくさそうに笑みを浮かべた。

「シンプルなデザインを選んだから、湊斗さんのスーツに合うと思う。どうかな？」

「佳純が俺のために一生懸命選んでくれたのが伝わってくる。嬉しいよ。さっそく、出社のときにつけさせてもらう」

イギリスを代表するハイブランドの商品だが、彼女の言うようにデザインに無駄がなく機能的だ。パラジウムプレートを用いたネクタイピンと、揃いのカフリンクス。これを身につけるときは、彼女の存在を感じられるに違いない。

「佳純」

喜びも露わに相好を崩した湊斗は、佳純を抱きしめた。

「えっ、湊斗さん？　いきなりどうしたの？」

「カフリンクスをプレゼントされたからな」

笑みを含んだ声で告げたが、佳純には伝わっていない。おそらく、意味を知らずに選んだのだろう。

「きみが選んでくれたプレゼントには、ロマンチックなエピソードがある」

ネクタイピンを贈る場合は、『あなたに首ったけ』、『あなたを支えたい』という意味が含まれているのだが、同様にカフリンクスにも意味がある。『わたしを抱きしめて』というものだ。

これは、一九三五年当時のイギリス国王とアメリカ人女性の恋愛エピソードに起因している。ダイアモンドのカフリンクスと揃いの釦を国王にプレゼントした女性が、『HOLD TIGHT』と刻印したのが由来だ。

「そうだったんだ……全然知らなかった」

やはり佳純は意図していなかったようだが、ほかの男に贈らずにいてくれてよかったとつくづく思う。

（幸せ者だな、俺は）

しみじみ感じつつ、やわらかな彼女の感触を全身で味わう。正面から抱きしめていると、胸のふくらみの存在に意識が向いた。

一瞬身体が強張る。プレゼントに浮かれて忘れていた欲望に、ふたたび火が灯ってしまった。不慣れな彼女を何度も求めて無理をさせたくはないのに、一度抱いてしまったら欲望には際限がない。

（このままだと強引に押し倒しそうだ）

自身の状態を正しく把握した湊斗は、理性を総動員して佳純を抱きしめる腕を解いた。

「プレゼント、嬉しかった。ありがとう」

彼女の頭を撫でると、勢いをつけて立ち上がる。すると、佳純が首を傾げた。

「これからお風呂に入るの……？」

問いかけてくる声が寂しそうに聞こえたのは、欲情した自分が都合よく解釈しただけだ。

自身に言い聞かせつつ、余裕の態度が崩れないように微笑んでみせた。

「少し汗をかいたからな。せっかくだし一緒に入るか？」

もちろん本気ではない。断られるのを見越しての冗談だ。しかし彼女はやや考え込む素振りで下を向いてしまった。

（怒らせたか？）

「佳純……」

「そうだよね。夫婦なんだし、そういうのも当たり前なのかも」

パッと顔を上げた佳純は、何かを決意したように頷いた。

「湊斗さん、先に入ってて。わたしはお風呂の準備して、あとから行くから」

（なに？）

まったく予想外の返答をされてギョッとする。

「無理しなくていいんだぞ？」

「してないよ！　眠気も覚めちゃったし、さっき入ったときはシャワーだけで湯船に浸かれなかったんだよね」

事後、彼女はそうとう疲労していた。風呂を楽しむような余裕もなかったため、湯船に浸かりたいという気持ちは理解できる。それに加え、職業柄もある。スイートルームを余すところなく観察し、堪能したいに違いない。

だが、今、どうしてこのときなのか。湊斗は真剣に悩んだ。

（佳純からＯＫをもらったんだし、ここは一緒に入りたい。でも、それは本末転倒じゃないか？　ふたりで湯船に浸かったら理性を保つ自信はないぞ）

「湊斗さん？」

佳純に名前を呼ばれたらもう駄目だった。『一緒に入りたい』という想いが大きくなり、『自分が我慢できればいいのだ』と己に甘い判断を下してしまう。

「いや……。それなら、先に入って湯を張っておく。そんなに時間はかからないだろ」

そう言い残してバスルームへ向かいながら、湊斗は混乱していることを自覚する。

もしかして都合のいい夢を見ているのではないか。そうでなければ、こうも願望が叶うはずがない。

昨夜だけですでにかなりの幸福感を得ている。これ以上は欲張りというものだ。頭ではわかっていながらも、遠慮をするどころか流されてしまった。

（ああ、くそっ。こんなに意志が弱かったのか、俺は）

乱暴に服を脱ぎ捨ててバスルームに入り、バスタブに湯を張る。すぐにシャワーブースで頭から冷水を浴び、冷静になれと脳内で念じた。

「浮かれすぎだろ……」

独りごちると、今度は熱めの湯を身体に浴びせかける。

自分の感情が律せない。こんなことは今までになかった。湊斗の人生において、何事も理性的で、合理的に進まなかったことはないはずだった。

思い返せば、人や物に夢中になることがなかった。無駄に感情を動かさない生活は、快適な一方で無味乾燥でもあった。

だからよけいに、佳純が眩しい。推し活に励んでいる姿や、仕事に真摯に取り組む姿勢からは、全力で人生を楽しんでいるのがよくわかる。その在りようが、湊斗の心を射貫くのだ。

（……少しは冷静になれたか？）

バスタブに湯が溜まったタイミングでシャワーブースから出ると、広い湯船にゆっくりと浸かった。

大きく縁取られた窓の外には、夜空が広がっている。昼間であれば見事な蒼茫《そうぼう》が拝めただろうが、あいにく今は夜の闇とガラスに映る自分の顔しか見えていなかった。

湊斗は大きく息を吐き出し、縁に背を預けた。

大きな円形の浴槽は総大理石で作られており、さながら宮殿を思わせる高級感があった。ジェットバスも備わっているため、寛ぐには最適だろう。

だが、いつも自社ホテルと比較検証をする脳は適切に働かず、現在は佳純で占められている。ドアに背を向けているが、そちらに全意識が集中するほどに。

「重症だな」

ぽつりと呟いたときである。

「湊斗さん」

佳純の声が聞こえて心臓が躍った。振り返れば、タオルを身体に巻いて髪を緩く縛る彼女がいる。

「ちょうどいい湯だ。きみもそのまま入るといい」

「それじゃあ、遠慮なく」

はにかんだ佳純がバスタブの中に入ってくる。揺れる湯面にすらドキリとし、彼女の顔が見られない。

どこの思春期の子どもだと、内心で苦笑する。仕事でもプライベートでも、誰が相手だろうと動揺しないが、彼女だけは別だ。嫌われたくないし、傷つけたくない。告白に応え、好きだと言ってくれた気持ちを大事にしたかった。

「うちのホテルのスイートとは、少し感じが違うよね」

本能と理性がせめぎ合いをしている湊斗をよそに、佳純はバスルームを観察していた。一回目の入浴時よりも余裕があるためか、効率のいい清掃方法について脳内でシミュレーションしている。

(それはそれで、複雑だな)

仕事熱心なところは素晴らしい。とはいえ、初夜を過ごした夫と初めてふたりで風呂に入ったにもかかわらず、まったく意識していないのは如何なものか。

「佳純、こっちに来ないか?」

少しでも意識を自分に向けたくて声をかけると、佳純が小さく「えっ」と呟く。明らかにあたふたしている様子に満足し、自ら彼女に近づいた。

「一緒に入っているのに、離れているのも寂しいだろ」

「う、うん……」

恥ずかしいのか、佳純は視線を彷徨《さまよ》わせている。そのしぐさに、湊斗の欲望が膨れ上がり、下腹部に淫らな熱が溜まっていく。

本当は距離を保つべきだ。けれど、この状況で触れられないのは拷問に近い。葛藤したものの、理性が本能に食い潰されてしまう。

触れるだけ。抱きはしない。少しでも嫌がられればすぐにやめる。

自分自身に言い訳をして近づくと、佳純を背後から抱き寄せた。

「あっ……」

「夫婦だし、こういうことも当たり前にならないとな」

先ほどの佳純の台詞を返すと、「色気がひどい」と、彼女がよくわからない抗議をする。

「湊斗さん……ちょっとは抑えてくれないと、身がもたないよ！」

「佳純の願いなら叶えたいが、きっと無理だな。俺に色気を感じているなら、俺がきみに欲情しているのを察しているからだ」

色気云々《うんぬん》と言われるのは、湊斗が佳純に欲望を抱いて迫っているときだ。告白をしてから自分を〝男〟として見てもらおうと必死だったが、無事に実を結んだようである。

（もっと俺に夢中になればいい）

佳純の腹部に腕を巻き付けた湊斗は、肩口に顔を埋めた。

ほんの数時間前に抱いたばかりなのに、目の前にいるとすぐにでも抱きたくなる。

無理やり押し倒す真似は絶対にしない。だが、やわらかな身体に密着していると、ずくずくと下半身が疼いてくる。

「っ……」

抱きしめる腕に力をこめた湊斗は、自分の首を絞める行為だと自嘲する。しかし、そうとわかっていても佳純に手を伸ばしてしまう。片想いを経てやっと手に入れた彼女を、片時も離したくない。

「湊斗さん……」

「……ああ、わかってる。悪い」

背中から抱きしめているせいで、湊斗の変化がダイレクトに佳純に伝わっている。腰のあたりに昂ぶった自身を押しつける形になり、思わず吐息をついた。

(これは……自業自得だな)

自分を意識してもらいたいばかりに、自ら墓穴を掘ってしまった。おかげで佳純はこれ以上ないほど湊斗に集中しているが、手を出さないと決めている以上、忍耐力を試される。

――だが。

「佳純、少しだけ触らせてくれ」

「えっ……あっ⁉」

身体を覆っていたバスタオルを外すと、佳純の肩が上下に動く。湊斗は片手で彼女の腰を抱き、もう片方で胸のふくらみを鷲《わし》摑みにした。

「っ、湊斗さ……」

「きみを気持ちよくさせるだけだ」

耳朶に唇を寄せて囁くと、胸の先端を指で摘まんだ。昨日、さんざん捏ねまわし舐ったそこは、かなり敏感になっていた。少し扱いただけで凝り始め、ぷっくりと膨れていた。薄桃色の乳頭を転がしつつ、目の前の耳たぶを軽く食んだ。

「や……ぁっ」

反射的に逃れようとした佳純だが、腹部に腕を回しているため前のめりになるだけだ。湊斗は自分の腕に閉じ込め、豊乳の感触を手のひらで愉しむ。弾力のあるそれに指を食い込ませて淫らな形へ変化させると、視覚的な興奮を煽《あお》られた。

下肢の昂ぶりが増し、無意識に彼女の腰へ擦りつける。触れれば触れるほど愛しさが募り、数時間前の情事を身体が思い出していた。

「んんっ……耳、くすぐった……ぁっ」

「佳純は耳よりもこっちのほうが好きか?」

言いながら、腹部に回していた手を下に移動させ、割れ目へと分け入った。湯の中でしっかり閉じていた太ももを開かせ、秘裂の奥で息づく淫蕾を押し擦る。

「もっ……放し……っ、あ……ぅっ」

少し弄っただけでもわかるほど、花芽は大きく膨れていた。二本の指で挟み揺さぶりながら、乳首も同じようにしていじくる。胸の尖りは芯を持ち、肉蕾は勃起して剝き出しになっていた。

呼気を乱す佳純は艶っぽく、もっと深くまで暴いてやりたい欲に駆られたものの、それだけはできないと己を戒める。

(今は、佳純を感じさせるだけでいい)

自分の腕の中で身を預けてくれる彼女に無理はさせられない。それでも、彼女の吐息や艶声に刺激され、無視できないほど下肢が昂ぶった。

「感じやすくなったな、佳純。可愛いよ」

「み、湊斗さんが……触る、からぁ……っ」

「ああ、そうだ。俺の気持ちに応えて、きみはこんなに感じてくれるんだよな」

乳頭を軽く抓ると、佳純の顎が跳ね上がる。

彼女が快感に喘ぐたびにぞくぞくし、淫熱に侵されていく。陰茎は完全に勃ち上がり、彼女の胎内に挿入したいと本能が訴えかけてくる。

湊斗は奥歯を嚙《か》み締めて衝動に耐えると、せめてもの慰みに彼女の臀部《でんぶ》へ自身を押しつける。透き通るような白い肌に摩擦された欲の塊は、もっと確実な刺激を求めていた。

「湊斗さん……っ、は……いいの……?」

掠れた声で問われて鼓動が大きく跳ねた。

佳純の言わんとしていることを理解したとたんに、いとも簡単に心が揺れた。

薄弱な己の意志に目眩がしそうだが、それ以上に彼女が自分のことを考えてくれているのが嬉しい。

「……少しだけ我儘をさせてくれ」

立ち上がった湊斗は、佳純にも立つよう促した。背中から腕を回して抱きしめ、風呂の縁に両手をつくように誘導する。

無防備な尻に両手の指を食い込ませ、左右へ押し開く。秘裂は潤んで小刻みに震え、瑞々《みずみず》しい果実のように汁を含んでいた。

「そのまま……太ももを閉じていてくれ」

割れ目に自身を沿わせると、佳純がびくりと肩を震わせた。その背中にのし掛かり、左右の胸を両手で揉みしだく。

「あっ……」

「挿れはしない。代わりに擦りたい」

脚の間に肉胴を挟み、ゆるりと前後に腰を動かす。花弁と直接触れ合わせて擦り始めると、挿入時とは違う快楽が生まれた。

すべやかで吸いつくような太ももの感触に、快感がせり上がってくる。俗に言う素股だ。蜜口から流れ出る愛液と肉棒から滲《にじ》む先走りが混じり合い、セックスと変わらない淫音がバスルームに響き渡る。

「やっ……ア……それ、だめ……ぇっ」

肉傘に花芽が引っかかり、佳純が嬌声《きょうせい》を漏らす。その刺激は湊斗も同様で、凝った花蕾に自身が摩擦されると、腰が蕩けそうなほど心地いい。

「だめなのか？　こんなに感じているのに」

「っ、だから……だめ、なの……っぁん！」

互いの陰部を直に擦ることで、よりいっそうの悦楽を齎していた。

佳純は愉悦に慣れていないのか、身体が昂ぶるほどに困惑している。だが、そんな姿すら湊斗を煽るものでしかなく、乳房を両手でもみくちゃに潰しながら、恥部で雄棒を往復させた。

(まずいな……よすぎる……っ)

佳純が行為を受け入れて快感で蕩けている姿に、湊斗の欲が増幅する。五感のすべてが目の前の彼女に集中し、ただただこの時間を大事にしたいと心から思う。

ほんのわずかでも見逃さないように佳純の反応を探り、悦びだけを植えつける。

乳頭を捏ねまわして腰の動きを速めていくと、ふたりの呼気が混ざり合う。湯面が激しく波を打つのも構わずに、湊斗は腰を打ちつけた。

「あっ……もう、わたし……」

「佳純……こっちを向いて。キス、しよう」

湊斗の声に応え、佳純が顔を振り向かせる。薄く開いた唇に誘われるようにキスをすると、胸の先端を捻り上げた。

「んんん……ッ」

彼女の唇を塞ぎ、雄茎で肉筋を往復する。卑猥な動きで乳房を揉むと、ぎゅっと太ももを閉じられた。

おそらく無意識だろう彼女の行動は、湊斗をさらに追い詰める。全身が熱くなっていき、ただひたすら佳純の感触を味わうことに腐心する。

湊斗の人生で、これほど熱烈に女性を求めたことはない。非合理的だからだ。恋人や伴侶に入れ込むような真似は無駄でしかなく、なんの意味も見出せなかった。

それが今では、ひと晩で一度ならず二度までも佳純を欲した。彼女と結婚する前の自分では考えられなかったことだ。

「佳純……愛してる」

キスを解くと、心の声が言語化された。自分で発していながら照れくさくあるが、湊斗の気持ちを一番端的に伝えるのにこれほど適切な言葉はない。

「わ……わたしも……っ」

佳純は快感に喘ぎながらも、同じ気持ちを返して微笑んだ。そのあまりに綺麗な表情に、湊斗の理性がぶつりと切れる音がする。

「佳純……ッ」

片手で彼女の乳房を掴み、もう片方で肩を掴む。太ももの間を行き来する肉塊は限界まで膨張し、絶頂寸前にまで高まった。

「あぅっ……激し……湊斗……さんっ」

「っ、く……！」

熱くぬめった花弁が雄棒に絡み、太ももで締めつけられるとひとたまりもない。低く呻《うめ》いた湊斗は絶頂感に耐えきれず、佳純の尻肉に白濁を散らす。

「は……っぁ……」

肉茎の先端からびゅくびゅくと精液が噴出し、彼女の肌を汚す。吐精がなかなかおさまらず、浅く呼吸を繰り返した。

（もう、絶対に離れられないな）

佳純のいない人生など考えられない。湊斗は射精の余韻に浸りながら、快感に打ち震える彼女を抱きしめる。

「ゆっくりさせてやれなくて、悪い」

「ん……わたしも、触れてほしかったから……」

「可愛いことを言われると、ベッドに戻っても眠れなくなるぞ」

互いに笑いながら会話をし、どちらからともなくキスをする。

一生忘れられない誕生日の翌日は、改めて妻への愛を確かめる時間になっていた。

4章　夫の何もかもが尊いです

湊斗とグアム旅行へ行ってから、一週間ほど経ったある日。午後四時までの勤務を終えた佳純は、まっすぐ帰らずにホテル近くのカフェに寄った。土産を渡すために未知瑠と待ち合わせていたからだ。

本当は夕食を食べつつ土産話をしようかと考えていたが、彼女は夜に予定があるらしく、お茶をするだけにしたのである。

（未知瑠さんは……まだ来てないか）

窓際の席に座ると、『着きました』とメッセージを送って一息つく。

旅行から帰ってきてからは、佳純にとって怒濤の日々だった。

まず、これまで別々だった寝室を一緒にし、毎日湊斗と同じベッドで眠ることになった。帰国してすぐに『ベッドを買いに行こう』と言われたときは驚いたが、嬉しくもあった。旅行中は、ずっと一緒に寝ていたためだ。

三年もの間、夫婦らしい触れ合いはなかったというのに、旅行を境に生活が驚くほど変化した。たったの十日あまりだが、今では離れて眠るのが考えられないほど、一緒の寝室が当たり前になっている。

（でも、あの色気はどうにかしてほしい）

朝と夜、一日二回のキスは継続中だが、そのたびに湊斗の色気がダダ漏れている。

彼は『そんなつもりはない』と言っているものの、普通にしていても容姿端麗な男性であり、大人の色気を備えているのだ。直視するには刺激が強く、彼が何をしても煌《きら》めいて格好よく見えてしまう。

（だってネクタイを緩めるしぐさとかもう最高に危険なんですけど！）

湊斗のささいな言動にも心を撃ち抜かれる。スーツのジャケットに袖を通しているところは動画撮影をしたいほど絵になるし、運転をしている姿などは最高に〝映え〟である。

本人にとっては何気ない行動でも、そこはかとなく艶めいている。しかも、最近それが顕著に表われていた。恋をして浮かれているから、よけいに相手の魅力が増して見えるのも要因なのだろうが。

「……それにしても、ちょっと病気っぽいかも」

「あら、調子悪いの？」

無意識の呟きを拾われて振り向くと、未知瑠が立っていた。「遅くなってごめんね」と言いながらコートを脱いだ彼女は、現れた店員にコーヒーとコンプレットを注文する。

先にカフェラテだけを頼んでいた佳純は、自家製塩キャラメルのソースにバニラアイスがついたクレープを追加で注文した。

「声をかけようとしたら、病気っぽいかもって聞こえてきて驚いたわ」

「すみません……。ちょっと最近、病的なほど浮かれているというか、湊斗さんが格好よすぎて動揺するというか」

独り言を聞かれた恥ずかしさで苦笑すると、未知瑠がニヤリと笑う。

「兄さんには聞かせられないわね。調子乗るから。ただでさえ、佳純ちゃんと離婚せずに済んで大喜びしているもの」

「いろいろご心配をおかけしました」

湊斗との契約結婚を知った彼女は、よき相談相手として常に気にかけてくれていた。実の兄ではなく佳純の肩を持ち、湊斗にもずいぶんと意見をしている。彼女なくしては、結婚生活も順風満帆とはいかなかったかもしれない。

「未知瑠さんには、感謝してもしきれません」

「いいのよ、そんなこと。わたしは、佳純ちゃんが幸せなら何も言うことないしね。これからも、一緒に推し活しましょうね」

「もちろんです！」

仕事に推し活にと精力的に動く未知瑠は、憧れでありこうありたいという理想だ。最初は〝神絵師〟として崇めていたけれど、今はそれ以上に大好きな友人である。

「そうだ、お土産を持ってきたんです。定番ですけど、マカダミアナッツです。あと、ハイビスカスの花が入った石鹸《せっけん》も買って」

「ありがとう！　この石鹸で洗顔すると肌の調子がいいのよね。前に行ったとき買って気に入ってたの」

にこにこと言いながら、未知瑠は声を潜めた。

「写真もありがとう。さっそく夏のイベント用に表紙だけ描いてみたんだけど見る？」

「ぜひ……！」

前のめりで返事をすると、彼女がテーブルにスマホを置いた。そっと手に取った佳純は、画面に映し出されている画像を見た瞬間、歓喜の声を上げそうになった。

（こ、これは……！）

「まだ線画しかできてないけど、送ってもらったガンビーチのイメージで描いたの」

未知瑠の説明を聞きながら、佳純は心の中で快哉《かいさい》した。

表紙絵は、彼女の推しの『イカルガジュウゴ』、そして、佳純の推しの『キノサキシジマ』が描かれている。夕陽に光る海を背景に軍服のふたりが背中合わせで立ち、濡れた髪を掻き上げていた。

「未知瑠さん……解釈全一致です……っ」

食い入るように画面を見ていた佳純は、我慢しきれずに賛辞を贈る。

線画だけでもふたりの関係性や色気が十二分に表現されていた。表紙だけで佳純の期待値は最大まで高まり、心臓が躍っている。

興奮も露わに未知瑠を見れば、「相変わらずいい反応ね」と満足そうに頷いた。

「佳純ちゃんならそう言ってくれると思ってたの。もらった写真はしっかり作品に活かすわ。今から準備しておけば、新刊は出せると思う」

「楽しみです。夏のイベントまで生き抜いてみせます。一枚絵の中にも物語性を感じるし、綺麗なだけじゃない魂のこもったイラストです。制作過程を見せてもらえるなんて、本当に生きててよかった……！」

早口でまくし立てると、目を瞬かせた未知瑠が爆笑した。

「あははは！　やっぱり佳純ちゃん最高。原作への愛を叫びたくて始めたことだけど、創作って孤独だから。感想をもらえると報われるのよね」

「わたしでよければ、いくらでも未知瑠さんへの愛を伝えます……！」

最高の萌えを供給され、心が潤っている。この感動を余すところなく知ってもらうには、語彙が足りないのが悩ましいのだが。

未知瑠のスマホをテーブルに戻して拝んでいたとき、彼女が思い出したように言う。

「イベントっていえば、『役員イベント』がそろそろあるけど、佳純ちゃんは出勤？」

「うっ……じつは、その日に限って休みでした……」

思い出した佳純は、がっくりと肩を落とす。

従業員を労う目的で開かれる『役員イベント』で、今年、湊斗はドアマンに扮する。出勤であれば、隙を見てエントランスに行くこともできる。だが、その日に限って休みだったのである。

「わざわざ休みを代わってもらうのも変ですし、すごく残念ですが……湊斗さんの制服姿は諦めます……」

三年前の見合い当日に研修時の写真を見せてもらったことはあるが、旧制服のものである。今は、イタリアの有名デザイナー、エルヴィーノ・ペッレグリネッリがデザインした新しい制服で、ドアマンやベルのスタッフらが着用していた。

今回、湊斗が着るのは、黒の詰襟ロングコートに金の肩章やボタンがついた冬用のデザインだ。これに制帽を被れば、ドアマンの完成である。

(湊斗さんのスタイルなら、制服映えするだろうな。前の制服よりも軍服っぽいというか、それがまたオタク心を擽《くすぐ》られるんだよね)

エルヴィーノにデザインを依頼したのは湊斗だという。彼は、それまで停滞していた『Akatsuki』の稼働率を上げようと、様々な施策を打ち出した。そのうちのひとつが、佳純の実家である『天空閣』との提携であり、エルヴィーノへの依頼である。

創業当初から変わらなかった制服の刷新は、当時業界で話題になった。『湊斗が着用するイメージでデザインした』とエルヴィーノが発言したことも大きい。

彼《か》のデザイナーとはそれからも良好な関係を築いており、ウエディングドレスのデザインも依頼することになったのだ。

デザインはすでに完成しており、今年の後半にホテルで開催するコレクションショーでの発表を予定している。『来年のウエディングシーズンは申し込みが多くなりそうだ』と湊斗は語っていた。

（これからますます忙しくなりそうだし、湊斗さんのイメージで作られた制服を本人が着るなんて、こんなレアなことは今後ないだろうなあ……）

それだけに悔やまれるが、そもそも出勤だったとしても、エントランスに行かなければ湊斗を見られないのだ。それなら写真を撮ってもらったほうが、確実に彼のドアマン姿を拝める。

「未知瑠さん。湊斗さんの制服姿の写真を送ってもらうことできますか……？」

動画は禁止したというが、写真、それも個人的に楽しむためなら許してくれるのではないか。そんな希望を持って尋ねたところ、未知瑠は「あら」と意外そうな顔をした。

「休みならちょうどいいじゃない。堂々と兄さんが働いているところを見に行けるわ」

「ええええっ⁉　休みの日なのにエントランスをウロウロしていたら、めちゃくちゃ不審者じゃないですか！　それに湊斗さんとは対外的に赤の他人ですし……」

自分が放った言葉で、胸の奥が鈍く痛む。

ふたりの結婚は周囲には秘密だ。離婚後を考えてのことだったが、三年前の時点では最善の選択だった。

（でも……今は？）

湊斗とは特に話していないが、このまま秘密にしていていいのだろうかという疑問が脳裏を過《よぎ》る。離婚をしないのであれば、彼と一緒に公の場に出たほうがいいはずだ。佳純がパートナーとして周知されれば、イマジナリー嫁だなどと言われずに済む。

「佳純ちゃん、どうかした？」

「……湊斗さんと結婚していることを周囲に言わなくていいのか考えてたんです。周りに言わなかったのは、周りへの影響を考えてのことでした。でも……離婚しないなら、ケジメをつけて公表するべきなのかなって」

湊斗の妻だと知られれば、今までのように働くのは難しくなる。『天空閣』との業務提携についても、公私混同を疑われかねない。

妙な形でスタッフに伝わるならば、自分たちの言葉で公表したほうがいい。しかしその場合、互いの仕事にどう影響が出るのか想像が及ばなかった。

「公表するかしないかは、佳純ちゃんの気持ちしだいだと思うわ」

未知瑠が表情を改めたところで、注文した品が運ばれてきた。

カフェラテに口をつけつつ彼女を見つめると、未知瑠は「難しく考えなくていいのよ」と、小さく微笑んだ。

「今のところ、秘密にしている弊害は出ていないでしょ？　最初に無茶な契約を持ちかけてきたのは兄さんだもの。イマジナリー嫁と言われようが、甘んじて受け入れるべきよ。相手を周囲に明かせば、佳純ちゃんは注目されることになるでしょう？　そうなると、あなたが求めている仕事はできなくなるかもしれない」

今は、ダイバーシティとインクルージョンを重視する企業が増えている。社長と結婚したことで離職するなど、多様性の時代に逆行する。むしろ、『働きながら夫である社長を支える妻』として、広告塔にされる恐れがあると未知瑠は言う。

「『天空閣』と業務提携の話が進んでいたとき、一部からそういう声が上がったの。まだ結婚する前だったから、『社長に結婚のご予定があるなら、お相手に宣伝に一役買っていただいたのに』なんて言う役員もいたの。式は『天空閣』で挙げたらいかがですか、って」

「……湊斗さんはなんて？」

「『公私は分けて考えているから、結婚の予定があっても妻を宣伝に使うつもりはない』って断言してたわ。兄さんは宣言通り、しっかりウエディング事業でも数字を上げているからさすがよね。エルヴィーノのデザインしたドレスが発表されたら、また話題になるわ」

注文したコンプレットに舌鼓を打ちながら、未知瑠は首を傾けた。

「〝社長の妻〟なんて、面倒な立場よ。だから、公表するなら覚悟が必要だと思う」

未知瑠の説明は端的でわかりやすい。つまり、公表するにしてもしないにしても、メリットとデメリットがある。そして、佳純の現在の状況を考えると、デメリットのほうが大きい可能性がある。

湊斗との結婚を公表するのなら、相応の覚悟——仕事を辞める、という選択肢も、頭に入れておかなければならない。『Ａｋａｔｓｕｋｉ』社長の彼にとって、何が足を掬われる材料になるかわからないからだ。

「未知瑠さんのアドバイス、肝に銘じます。湊斗さんがわたしとの結婚で不利益を被るのだけは避けたいですし」

「あまり難しく考えないことね。兄さんは何があろうと大概のことには対応してくれる。それよりも、佳純ちゃんが結婚生活を負担に感じるほうが気に病むと思うわ」

何かを思い出したのか、未知瑠がおかしそうに続ける。

「兄さんは、何かに夢中になることがなかった。わたしのオタ活だって『理解できない』って言ってたし。でも、あなたと会ってから変わったのよね」

「そう……でしょうか」

「佳純ちゃんは、好きなものがたくさんあるでしょ？　いろんなカフェに行ったり、推し活したり、写真を撮ったり……もちろん『Ａｋａｔｓｕｋｉ』の仕事だってそう。好きなことに夢中で、人生を楽しんでるじゃない。だから兄さんも惹かれたんでしょうね」

未知瑠の解釈に、佳純は照れ笑いを浮かべる。

たしかに、好きなものが多ければそれだけ心が豊かになる気はしている。おそらくそれは、幼いころに母を亡くしたのも理由のひとつだ。

落ち込んでいたときに出会った『Ａｋａｔｓｕｋｉ』で久しぶりに気持ちが浮上した瞬間に、心の中に〝好き〟が増えた。嫌いなものや無関心なものがまったくないというわけではないが、つらいときや悲しいときの拠り所は多いほうがいいと思っている。

「わたしも、湊斗さんと結婚して変わりました。今までは、自分ひとりでよかったのに、今は湊斗さんと一緒に楽しめることをしたいんです」

湊斗は佳純に歩み寄り、推し活に付き合ってくれた。だから今度は、ふたりの共通の趣味や興味のある何かを探していければいいと思う。

「兄さんは、佳純ちゃんといられるなら何してても嬉しそうよね。いっそのこと、コスプレとかやらせたらどうかしら。見た目はいいし、『滅亡の聖戦』のキャラも違和感なくできそうな気がするけど」

「それは個人的にものすごく見たいですね……」

湊斗は長身で手足が長く、抜群のスタイルを誇るのみならず、神がかった美形である。もしも『滅亡の聖戦』関連のコスプレをするならば、全力で手伝いをする。彼が楽しめなければ意味はないため、そのような日は訪れないだろうが。

「想像するだけで滾《たぎ》りますけど、まずは『役員イベント』で湊斗さんの制服姿を堪能したいと思います」

笑顔で宣言し、当日への期待に胸を弾ませたとき、佳純のスマホにメッセージが入った。確認すると、ちょうど話題に出ていた湊斗からである。

『仕事が終わったから一緒に帰れるなら迎えに行く』という内容だ。佳純は、『いま、未知瑠さんとお茶をしています』と返すと、『それなら待ってる』とすぐに返信がくる。

「もしかして、兄さんから？」

「あっ、はい。仕事が終わったから一緒に帰らないかって」

「それなら、古瀬さんと一緒にここまで来てもらいましょうよ。じつはこのあと、古瀬さんと会う約束をしているの」

「わかりました。……デートですね？」

未知瑠の様子から、公的な用事ではないのだとわかる。佳純の予想は正しく、「ようやく今晩時間を取ってもらえたの」と嬉しそうだった。

「古瀬さん、忙しすぎるのよね。兄さんと同じで仕事人間だし」

「でも、その忙しい合間を縫って時間を作ってくれるんですよね。どうしてそれで付き合ってないのか不思議です」

湊斗に返信をしつつ疑問を投げかけると、未知瑠も「本当よ！」と憤慨する。

「自惚れるわけじゃないけど、嫌われてはいないと思うの。だけど、一歩踏み込もうとすると一線を引かれちゃうのよね」

「うーん……。古瀬さんは、公私はしっかり分けそうですよね。未知瑠さんを適当に扱っているようには見えませんし……どちらかと言えば、特別扱いされている気がします」

「社長の妹だからね……。下手に振ったら、気まずい思いをしそうでしょ」

「それこそ、古瀬さんは気にしない感じがしますけど」

自然と未知瑠の恋愛話に発展したが、佳純自身も経験が豊富なわけではなく、有用なアドバイスはできない。ただ、こうして話を聞いたり、何か手助けできることがあれば力になりたいと思っている。

「前に、古瀬さんとお話ししたことがあったんです。湊斗さんが綺麗な女性と歩いていたって聞いて、ちょっとモヤモヤして……自分の気持ちもよくわからなくて。そのときに、『どうでもいい人間のことなんて気にならないものです』って助言してくれたんです」

「くっ……あの人は佳純ちゃんには優しいわね」

眉根を寄せて頭を抱える未知瑠だが、本気で悔しがってはいない。それは、古瀬や佳純に対する信頼だ。

「まあ、『どうでもいい人間』とは思われてないってことで、自分を納得させるわ」

「未知瑠さんの前向きなところ、大好きです」

いつもはサバサバとしている女性だが、好きな人のことになると途端に可愛らしくなる。そんなギャップも彼女の魅力で、知り合えたことを嬉しく思っている。

(わたしも、湊斗さんと結婚してどんどん世界が広がってるんだな)

自覚して笑みを浮かべたとき、未知瑠の視線が佳純の背後へ向いた。振り返れば、彼女の待ち人である古瀬が歩み寄ってくる。

「社長の我儘でお邪魔して申し訳ありません、三好さん」

「い、いえ、大丈夫です！　わたしこそ、お邪魔ですよね。すぐに帰りますから！」

慌てて立ち上がり、バッグから財布を取り出す。ところが古瀬は、「社長から申しつかり、お支払いは済ませてありますので」と笑った。

「あら、兄さんにしては気が利くじゃない」

未知瑠がそう言えば、古瀬が同意する。

「社長も、おふたりの邪魔をした自覚はあるようですよ」

(ふたりとも、やっぱり仲がいいなあ)

先ほど古瀬の対応についてボヤいていたとは思えないほど、未知瑠は生き生きとしていた。恋をする女性は輝きが増すものなのだと目の当たりにして、幸せな気分になった。

「社長は駐車場で待っていらっしゃいます」

「わかりました。それじゃあ、わたしはここで失礼します。未知瑠さん、また今度詳しい話を聞かせてくださいね」

「ふふっ、わかったわ。またね、佳純ちゃん」

せっかく会えたふたりの時間を邪魔するのも憚られ、そうそうにその場を立ち去って駐車場へ向かう。

見覚えのある車を発見して早足で近寄ると、湊斗が運転席でタブレットを見ていた。

「湊斗さん、お待たせ」

助手席の窓を軽くノックし、ドアを開ける。「お疲れ」と笑顔で迎えてくれた彼は、タブレットを後部座席に置いた。

「もしかして、まだ仕事があった？」

「いや、メールの確認をしていただけだ。急ぎの仕事はないから心配しなくていい」

言葉とともに髪を撫でられて、心臓が跳ねる。グアム旅行を経て、湊斗の態度はさらに甘くなっていた。しぐさや眼差しが、佳純が好きだと訴えかけている。

自分も大好きだと叫びたいような、それでいて恥ずかしいような複雑な気分になりつつ視線を下げる。すると、ネクタイピンが目に留まった。

　グアム旅行で渡した誕生日プレゼントを気に入ってくれた湊斗は、ほぼ毎日のように身につけている。見るたびに照れくさくなるが、それ以上に嬉しい。彼が自分の夫なのだと感じることができるからだ。

「それじゃあ帰るか」

　タブレットを置いた湊斗は、車を発進させた。

　彼が運転をする姿は好きだ。ふたりきりの車内では、誰に咎められることもなく思う存分眺めていられる。視線が絡むのも胸がときめくが、こうして横顔を見ているのも同じくらい心が躍る時間だ。

（湊斗さんって、三次元だと最強じゃない？　何しても絵になる……湊斗さんのアクスタがあったら絶対買っちゃう）

　スーツ姿もいいが、ホテルの制服バージョンも欲しいところだ。特に、ドアマンの制服は必ずラインナップに入れたい。

「楽しそうだな」

「えっ⁉」

「さっきから頬が緩んでる。未知瑠と会ってそんな顔をしているんだと思うと妬けるな」

「違うよ！　未知瑠さんとの話はすごく楽しかったし、新刊を読むまでは絶対生きると思ったけど。今は、湊斗さんのアクスタが欲しいなって妄想してて」

「俺の……って、なんでそんな思考に」

「だって、エルヴィーノが湊斗さんをイメージしてデザインした制服だよ⁉　絶対に似合うに決まってるよ！　そんなレアな制服姿を見られないのは悔しいし」

早口でまくし立てるように言うと、湊斗が「そんなに見たいか？」と不思議がる。

「たしかに制服を着る機会はめったにないが、べつに特別なことをするわけじゃないぞ」

「ドアマンの制服を着て仕事をする湊斗さんが貴重なんだよ！　写真とか動画に収めて繰り返し見たいくらい。でもわたしは仕事じゃないから、休憩時間にこっそり見学にも行けないし。タイミング悪いなあ……」

ついため息をつくと、湊斗がくしゃりと表情を崩す。

「ただ見るだけでいいなら、ホテルの前にあるカフェに来るのはどうだ？　あそこの窓際なら、エントランスがよく見えるだろ。仕事上がりが夕方だから、そのあと一緒に食事に行ってもいいし」

「……未知瑠さんにも言ったけど、休みの日にわざわざ職場に行って、社長を眺めてる社員っておかしくない？」

「気にしすぎだ。社長と社員という前に、俺はきみの夫だろ。仕事の邪魔になるならともかく、ただ会いにも来られないような後ろ暗い関係じゃない。俺はいつだって、佳純と結婚していることを公表してもいいと思ってる」

当然のように告げられた内容に目を見開く。それは、つい先ほど未知瑠と会っていたときも話していた内容だからだ。

社長の妻という立場は責任が伴う。公表すれば、今までのように仕事ができなくなるかもしれない。だが、夫婦だと明かさないことで、彼が不自由な思いをする場合もあるのではないか。

(やっぱり、今のままだと不自然だよね……)

そう思った佳純だが、次に続く湊斗の台詞は予想外のものだった。

「でも俺は、きみが生活しやすければ正直どちらでも構わない。俺が結婚していることは周知されているし、改まって相手を発表する必要もないと思う」

「……『イマジナリー嫁』って言われてるのに?」

「まだ気にしているのか、それ」

苦笑した湊斗は、「きみには助けられてるんだ」と、前を向いたまま表情を変えた。

「佳純と結婚した理由は、見合いのときに話した通りだ。結婚を勧められるのも煩わしかったし、ゲストから言い寄られるのも厄介だった。でも、きみと結婚してそういう面倒な事柄から解放された。……特に、エルヴィーノの娘……ルチア・ペッレグリネッリからは、何度もしつこく誘われていたから」

「エルヴィーノの……!?」

イタリアの有名デザイナーで、『Akatsuki』の制服をデザインした人物、エルヴィーノ・ペッレグリネッリ。その娘であるルチアは、ホテルのスイートの年間契約をしている上得意のゲストだ。

ハウスキーピング部内でも、彼女の宿泊の際は注意を払うよう情報が共有されていた。ひと言で表すなら『厄介なゲスト』で、チェックアウト後に部屋の清掃に入ったメイドからクレームが入るほどである。

「……部屋の使い方が乱暴で、メイドさんたちの評判がよくないゲストだけど……まさか、湊斗さんが狙われていたなんて思わなかった」

「一時期、彼女が頻繁に来日していたときは、仕事中でも構わず押しかけられて、正直迷惑だったんだ。さすがに結婚したあとは誘いもなくなったが」

小さくため息をついた湊斗が、「悪いな」と謝罪を口にする。

「ゲストについて、よけいな情報を与えたくなかったから言わなかった。あまり気分のいい話でもないし」

おそらく彼は、社長として判断したのだ。今後、ルチアがホテルに宿泊するとき、佳純が先入観なく仕事ができるように。

それに、エルヴィーノは重要な取引相手だ。彼の娘を無碍《むげ》に扱えないだろうし、自分さえ我慢していれば丸く収まると湊斗が考えてもおかしくない。彼は合理的な思考をする人だから、取引先やゲストの機嫌を損ねないよう最大限譲歩したのだろう。

（だけど……）

「湊斗さんを困らせるのは許せない」

佳純は憤りを露わにし、膝の上で拳を握る。

「……でも、それで湊斗さんが契約結婚を決意したなら、間接的にルチアさんに仲を取り持ってもらったことになるのかな。湊斗さんを困らせた人なのに、なんか複雑」

「そういう見方もできなくはないが、俺が佳純を好きになったことに変わりはない。きっかけはなんであれ、結果的に結婚生活を続けられたのはきみが俺を選んでくれたからだ」

彼の言葉は、心に染み入るように穏やかだ。誰に何を言われようと、湊斗の中で優先すべきは仕事であり佳純との結婚生活で、自分の評判や名誉などは歯牙にもかけない。

（わたしが湊斗さんのためにできることって、なんだろう？）

彼は常に佳純のことを考えた言動をしてくれる。けれど、自分が彼のためにできること、やってきたことはあまりに少ない。

「もしも、困ったことがあったら相談してね。頼りにならないかもしれないけど、全力で湊斗さんを助けるから。それと、仕事が一段落したら前に言ってた動物園も一緒に行こうよ。ふたりで楽しいこといっぱいしよう！」

「どうしたんだ、急に」

「湊斗さんの役に立つのは難しいけど、楽しいことを一緒にやることはできるよ。気晴らしなら任せて。あと、愚痴だって言っていいからね」

　湊斗は誰の手を借りずとも、大概のことはひとりで解決できる。そんな彼のために自分が手助けできることを考えたとき、『となりにいる』のが一番だと思った。何をせずともただ一緒にいて、他愛のない話をするだけでいい。

　つらいとき、疲れたとき、湊斗の一番近くにいたいと思っている。

「……たまには、わたしに寄りかかってね」

　妻という立場にいる佳純にできるのは、彼に寄り添うことだ。これまでになく強く感じながら、運転する湊斗を見つめる。気の利いた台詞でも行動でもない愚直な本心だったが、湊斗は嬉しそうに目を細めて笑った。

「抱きたい」

「な、なんで急にそんな話になるの？」

「佳純が可愛いから。きみが好きだと思ったら、たまらなく抱きたくなった」

「えええっ……!?」

　何が湊斗の欲望に繋がったのか理解できないが、それでも気持ちをしっかり受け止めてくれただろうことは察した。

「……明日は仕事だから、駄目」

「少しだけなら支障はないだろ」

「湊斗さんは、少しじゃ終わらないと思う！」

彼との行為は、いつも感じすぎて訳がわからなくさせられる。気づけば何度も達した挙げ句に意識を失うことも多い。そのうえかなりの時間をかけて愛撫されるため、体力の消耗が激しいのである。

（嬉しいんだけど、仕事がある日はつらいし……）

ちらりととなりに目を遣れば、湊斗は明らかに残念そうに肩を落とす。

「それじゃあ、キスで我慢しよう。でも、いつもよりも長く濃厚にするから」

「いつも濃厚だけど……」

「抱けない分、佳純が欲情するまでキスし続ける」

とんでもない台詞を言った湊斗は、不敵に口角を上げる。すでに彼の中では濃厚なキスをするのは決定事項のようだ。

甘い時間を拒んでいるわけではない。むしろ望んでいるからこそ、休日に思う存分触れ合いたいのだ。

とはいえ、それはとても幸せな悩みだと自覚し、はにかんだ佳純だった。

役員イベントの当日は、朝からそわそわと落ち着きなく過ごしていた。湊斗がドアマンに扮した姿を見に行くことにしたからである。

（まさか、推し活以外でこんなにドキドキするなんて）

今日この日に備え、佳純はホテルのエントランスの向かいにあるカフェを予約していた。それも、ドアマンがよく見える窓際の席だ。

ちなみに湊斗とは、仕事終わりの四時半に待ち合わせだが、佳純はその二時間前からカフェで待機していた。

彼の制服を見たいがためにホテルに行くのはためらいがあったものの、『後ろ暗い関係じゃない』という湊斗の発言で吹っ切れた。

そもそも結婚を秘密にしていたのは、主に離婚後のためだったのだ。前提条件がなくなった今は、公にするもしないも佳純の心ひとつで決まる。

それならば、下手にこそこそとしたくないと思った。自ら彼との結婚を吹聴はせずとも、不自然な行動をして隠れなくてもいいのではないかと考えを変えたのだ。

湊斗と夫婦だと知られれば、仕事に差し障る恐れはある。でも、それは自分が乗り越えていけばいい話だ。

社長の妻という立場は荷が重いのも事実だけれど、結婚生活を続けていくために努力をしたいと思っている。

ホテルのエントランスを眺めながら考えていると、一際スタイルのいいドアマンの姿が目に留まった。

（あっ、湊斗さんだ……！）

遠目からでもすぐにわかるほど、湊斗の制服姿は際だっていた。三次元離れしている頭身に長い手足は、いやが上にも人目を引く。彼をイメージしてデザインされたというだけあり、制服が似合いすぎていた。

しかし、目を奪われるのは容姿のせいだけではない。ドアマンとして洗練された所作でゲストを誘導し、ホテルの顔としての役割を果たしている。

車寄せにはひっきりなしに送迎車が到着するが、湊斗が持ち場につくだけで車も人も動きがスムーズだ。無駄がなく、すべてが計算されているのだ。

目配りが行き届いている現場は、見ていて気持ちがいい。自分がその場にいたならば、とても働きやすそうである。

「羨ましい……」

今日、彼と一緒に働いているスタッフは、今後仕事をしていくうえでの指針ができたはずだ。それは間違いなく財産になる。少なくとも佳純があの場にいたならばそう思う。

（でも、湊斗さんと一緒に働くのは大変かも。絶対見蕩れちゃいそう）

夫であり好きな人だという欲目を抜きにしても、彼に視線が吸い寄せられる。それは、カリスマ性と呼ばれる存在感のせいかもしれない。

現在、佳純の脳内では、湊斗に対する賛辞が溢れていた。立ち姿から仕事ぶりまで、何もかもがとにかく尊い。思わず拝みたくなるほどである。

許されるなら、ほんの数十秒でも動画に収めたい。本人の許可が得られていないため撮影できないが、残念でしかたない。

せめて網膜に彼の姿を焼きつけようと、凝視していたときである。

「えっ……」

タクシーから降りてきた女性が、湊斗を見るなり抱きついた。

(いったいどういうこと……!?)

予想外の出来事に困惑した佳純だが、湊斗も明らかに困った様子だった。

すぐさま距離を取り、女性を引き離していたものの、ゲスト相手とあってかあまり強くは出られないようだ。

佳純は反射的に立ち上がり、急いで会計を済ませて店を出た。その足でホテルの車寄せまで駆けつけると、湊斗と女性の会話が聞こえてくる。それも、英語だ。

『あなたに会いにわざわざ来たのよ。ちょっとくらい時間作ってよ』

『申し訳ありませんが、仕事中です。アポイントメントは秘書を通していただけますか』

女性は親しげに湊斗の腕に触れている。端から見れば親密に見えるその光景に、つい眉根を寄せてしまう。

(あんなふうに人前でベタベタされたら、湊斗さんの立場がないじゃない……!)

ドアマンの制服を着て立っている以上、今の彼は社長ではなくスタッフのひとりと見なされる。にもかかわらず、ゲスト対応もせずに女性とイチャついているように見えるのは、ホテルのイメージに関わる。

『──失礼』

女性に歩み寄った佳純は、にっこりと微笑んだ。

『ほかのゲストの迷惑になるので、恐れ入りますが移動していただけますか』

丁寧に告げたものの、女性は明らかに機嫌を損ねて睨《にら》みつけてくる。

『あなた誰? わたしは今、彼と話しているの。邪魔しないでちょうだい』

『わたしは、香坂湊斗の妻です』

冷静になれと念じつつ、笑みを貼りつけたまま続けた。

『彼は今、スタッフの制服を身につけています。ホテルの顔であるドアマンが、仕事もせず話し込んでいるなんてあってはなりません。ホテルの品位を貶める行為は、社長の妻として看過しかねます』

湊斗が大切にしている仕事を邪魔してはならない。その想いで口を挟めば、女性はウェ

ーブのかかったブラウンの髪を掻き上げ、不機嫌も露わに佳純を見据えた。

『わたしは、ルチア・ペッレグリネッリよ。もちろん知ってるわよね？』

（やっぱり、この人がそうだったんだ）

ルチア・ペッレグリネッリ。エルヴィーノの娘であり、スイートの上客。そして、湊斗にしつこく言い寄ったゲストの登場に、佳純の心はざわめいていた。

5章　愛して、愛されて、求め合って

ルチア・ペッレグリネッリの襲来から一夜明けた翌朝。湊斗は『Akatsuki』の社長室に、秘書の古瀬と妹の未知瑠を呼んでいた。

昨日の一件について、ルチア・ペッレグリネッリが来日するとは思いませんでした」

「まさか、ルチア・ペッレグリネッリが来日するとは思いませんでした」

古瀬が珍しく嫌悪感を露わにし、感想を漏らす。

以前に湊斗がつきまとわれたとき、古瀬も被害を受けている。直接何かをされたわけではないが、社長秘書としてルチアの対応に苦慮していた。何せ、仕事中にも社長室まで押しかけてくるのだから始末に負えない。

「それで、あの女はなんで来たの？」

未知瑠も古瀬と同様に、不機嫌さを隠さない。湊斗に言い寄るルチアを追い払おうと奮闘していたとき、嫌な思いをしている。

「エルヴィーノが来日するから、前乗りで来たらしい」

ため息をついた湊斗は、事のあらましをふたりに聞かせた。

ルチアが突然目の前に現れたときは、さすがに驚いた。結婚してからは、ほとんどホテルに来館することがなくなっていたからだ。

だが今年は、エルヴィーノがデザインしたウエディングドレスを周知するために、大々的なプロモーションが決定している。その中でも目玉が、『天空閣』で行なうウエディングドレスのコレクションショーだ。

これまで同業他社に後れを取ってきたウエディング事業だが、『天空閣』との業務提携後、様々なメディアで取り上げられるよう手を尽くしてきた。その甲斐あって徐々に業績も伸びているが、集大成となるのがウエディングドレスのコレクションショーである。

「コレクションに、自分をモデルとして参加させろと言ってきた。もちろん断ったが」

「まったく、図々しいわね。それとも、まさか……モデル云々は、兄さんに近づくための口実じゃないでしょうね」

「さすがにそれは、と言いたいところだが、否定もできないな。昨日は、俺よりも佳純に苛立っていたようだ」

「三好さんに？」

「なんであの女が佳純ちゃんに⁉」

古瀬と未知瑠が揃って不快そうに眉根を寄せる。湊斗も同じ気持ちだった。実際にその場にいたことで、より不快感が強い。

「佳純は、俺が絡まれているところを見て助けに入ってくれた。それも、俺の妻だと名乗ってくれたんだ」

彼女が堂々と『妻』だと言ってくれたのは単純に嬉しかった。

とはいえ、喜んでばかりもいられないのはわかっている。

ため息をついた湊斗は、昨日のルチアとのやり取りを思い返した。


『わたしは湊斗と話がしたくてここに来たの。お飾りの妻の出る幕じゃないわ』

ルチアは上流階級に属する者特有の傲慢さで佳純を鼻で笑い、湊斗に向き直る。

『ねえ、湊斗。わたしをショーに出してくれない？　エルヴィーノの娘がモデルで出るとなれば話題になるわよ』

突然の提案に不信感を覚えた湊斗は、厳しい表情を浮かべた。

(俺を手助けする真似を今さらするはずがない。……何を考えている？)

ルチアにさんざん振り回されてきた経験から、言葉を素直に受け取ることはできなかった。彼女にとって湊斗は、自分を振った相手だ。しつこく言い寄ってても靡かなかったどころか違う女性と結婚したのだから、快く思っていないのは間違いない。

『あくまでも主役はドレスです。あなたがモデルとして出れば話題性はありますが、そちらに皆の意識が向いてしまうでしょう』

慇懃《いんぎん》に断れば、ルチアの顔が怒りに染まった。

『このわたしが出てあげるって言ってるのに断るつもり？　父が知ったらどう思うかしら』

父親に告げ口をし、コレクションを妨害する発言だ。

彼女は、いつもこうして自分の思い通りにしようとする。ゲストだからとある程度目をつぶって対応してきたが、さすがに度が過ぎていた。

『エルヴィーノ・ペッレグリネッリの名を傷つけないようご注意ください。あなたの父であると同時に、世界中で愛されるデザイナーです』

淡々と告げれば、ルチアがくすりと微笑んだ。

『湊斗は真面目よね。そういうところが信用できるんだけど。でもね、ペッレグリネッリ事務所で決定権があるのはわたしよ。機嫌を損ねないほうがいいんじゃない？』

彼女は、仕事を決めるのは父親ではなく自分だとアピールしている。つまり、コレクションを盾に自身の要望を押し通そうとしているのだ。

ルチアが手を伸ばし、湊斗の腕に触れようとする。そこへ、佳純が割って入った。

『これ以上は、業務の支障になりますのでお控えください。社長にお話があるのでしたら、後日アポイントメントを取っていただけますか』

毅然と言い放つ佳純に、ルチアはカッとしたようだった。

『何様なのよ、あなた！　わたしを怒らせてただで済むと思ってるの!?』

『ほかのお客様のご迷惑になると申し上げているのです。ここで騒ぎを起こせば、ペッレグリネッリ様の名誉に傷がつくかと』

佳純の視線がちらりと周囲へ向く。大声を上げたことで人目を引き、通行人らがこちらを見てひそひそと話している。

『――彼女の言う通りです。どうか、後日改めてアポイントメントを』

頭を垂れた湊斗だが、ルチアの怒りは佳純へと向かっていた。

『……湊斗の奥さんだからって調子に乗ってるみたいね。わたしに生意気な口を利いたこと後悔するわよ』

これまで聞いたことのないような低い声で言い放ち、ルチアはその場を立ち去った。

「……なんて女なの！」

事の経緯を話し終えると、未知瑠が机を拳でたたいた。

「兄さんも兄さんよ！　佳純ちゃんのこと護りなさいよね……！」

「お話を聞く限り、社長の判断は間違っていませんよ」

妹とは正反対の意見だったのは古瀬である。秘書は渋面を作り、「大きな騒ぎにならずに済んでよかったです」と眉間の皺を指で揉み解す。

「昨今は、ちょっとしたことで炎上しますからね。この手の話題をＳＮＳに書き込まれたら、すぐに面白おかしく拡散されます」

「それはわたしもわかってるわ。でも、ゲストだからって何をしても許されるわけじゃないでしょう？」

古瀬は経営側の視点、未知瑠は従業員側の視点というだけで、どちらの言い分も正しいものだ。

湊斗は、「仕事中でなければ、言い返していただろうな」と、低く呟く。

特に昨日は、ドアマンとして業務に就いていた。にもかかわらず、騒ぎを起こしかけたのは湊斗の失態である。ほかのスタッフがいたため、幸いゲスト対応に支障は出ていない。

だが、今回のような出来事が今後起きない保証はない。

(早急に手を打つ必要がある。佳純に被害が及ぶことは避けなければ)

ようやく想いが通じ合い、これから結婚生活を満喫しようとしていたところだ。誰にも邪魔はされたくないし、絶対にさせない。

「……佳純ちゃんは大丈夫なの？」

思考に耽っていると、未知瑠が気遣わしげな表情を浮かべる。湊斗は頷き、「むしろ俺を心配してくれていた」と小さく笑う。

「『二次元以外で捨て台詞を吐く人って初めて見た』と感心していた。仕事上では理不尽なゲストも多くいるが、あまりの傍若無人な態度に驚いたようだ」

佳純はこれまで恋愛をせずに人生を楽しんできた女性だ。恋愛関係のトラブルなどなかっただろう。それだけに、よけいな気苦労をさせて申し訳なく思っていたのだが、彼女はむしろ、『湊斗さんは大変な想いをしてたんだね』と憤っていた。

「佳純は、仕事の邪魔をするのは許せないと話していた。だから、俺を助けに出てきてくれたんだ。……『Ａｋａｔｓｕｋｉ』は彼女にとって思い入れのあるホテルだし、なおさらスタッフの仕事を邪魔することが許せなかったんだろう」

実母を亡くして落ち込んでいた佳純は、父親に連れられてきた『Ａｋａｔｓｕｋｉ』で癒やされたのだという。

就職を希望するほどにこのホテルに愛着を持ち、写真もいろいろ撮りためている。彼女にとって大事な場所であり、プライドを持って働いている現場だ。理不尽なルチアの振る舞いを看過できなくて当然だった。

「佳純ちゃんが傷ついていないならよかったけど……『二次元以外で』なんて、らしい発言で安心したわ」

「大物ですよね、三好さんは。普通ならもっと怒りそうなところです。エントランスで騒ぎ立てるルチア・ペッレグリネッリに、個人として対応してくれて助かりましたよ」

上得意が相手だと、スタッフはどうしても及び腰になる。だから佳純は、〝香坂湊斗の妻〟としてあの場に現れたのだ。

できればルチアとの対面は避けたかった。佳純が嫌な思いをするのは目に見えている。それでも、自分の妻として出てきてくれた彼女の行動を嬉しく感じるのは、心のどこかで願っていたからだ。本当の意味で妻になった佳純を披露したい、と。

「ルチア・ペッレグリネッリが何を考えているか知らないが、今後は俺がすべて対応する。『天空闇』と業務提携して、ようやくここまで来たんだ。コレクションの邪魔はさせないし、佳純にも手を出させない」

はっきりと意思を伝えると、古瀬も未知瑠も力強く頷く。

「私は、ルチア・ペッレグリネッリが社長に近づけないよう周辺の警備を手配します」

「あとは、コレクションに不備がないよう細心の注意を払わないとね。あの女に妨害されたらたまらないもの」

「……そうだな。ふたりとも頼む」

杞憂《きゆう》ならばそれでいい。ただ、昨日のルチアを見る限り用心に越したことはない。

なんの憂いもなく佳純と過ごすには、今しばらく時間がかかりそうだ。湊斗は覚悟を決めると、存分に妻を愛でるべく仕事を片付けようと誓った。

＊

ルチアと思わぬ遭遇をした数日後。佳純は『Ａｋａｔｓｕｋｉ』の食堂で、噂話を耳にしていた。先日の騒動がスタッフに伝わり、話題になっていたのである。

(でも、よかった。変なふうに噂されなくて)

あの場には、通行人やゲスト、それに、ドアマンやほかのスタッフもいた。しかし、ルチアがもともと〝要注意ゲスト〟として有名だからか、絡まれた湊斗に同情的な声が多く、また、貴重な役員イベントに水を差されたことへの憤りも聞こえていた。

普段は現場に出ない役員たちに、自分たちの仕事を知ってもらえるまたとない機会で、直接話をすることもできる。にもかかわらず、ルチアの騒動で台無しになった。それだけならまだしも、一歩間違えばホテルの醜聞である。スタッフの怒りはもっともだ。

「そういえば、社長の奥さんも来てたらしいよ」

近くの席の会話が聞こえてドキリとする。

湊斗の妻だと堂々と明かしたが、それが佳純だとはスタッフに知られていなかった。

妻の存在よりもルチアの行動のほうが悪目立ちをしていたし、佳純がメイクをしていたのも理由のひとつだろう。

ハウスキーピング部門は裏方であり、関わる部署は決まっている。加えて職場ではほとんどメイクをしていない。なぜなら、客室メイドの手が足りない場合は社員がメイドと一緒に作業し、その際にメイクが崩れるほど大汗を流すからだ。

（でも、悪いことをしてるわけじゃないし、いつバレたって構わない）

湊斗の妻だと周囲に知られれば、一時的に仕事はしづらくなる。もしかすると、退職も視野に入れたほうがいいのかもしれない。

母を亡くした寂しさを紛らわせてくれた大切なホテルを去るのはつらいが、それでも彼の妻でいることを選んだのだから迷いはなかった。

「佳純ちゃん」

声をかけられて振り向くと、未知瑠がひらひらと手を振った。周囲にちらりと目を配り、佳純の対面に腰を下ろす。

「この前の件、かなり話題になってるわね」

「うっ、すみません……」

「なんで佳純ちゃんが謝るのよ。悪いのは全部あの女だし、兄さんも含めて被害者だわ。まったく……以前から、本当に迷惑だったのよね。わたしもだいぶやり合ったわ。兄さんの近くにいる女性は、みんな敵、みたいな思い込みの激しい女なのよ」

「……たしかに、かなり激しい性格みたいですね」

少し接しただけでも、扱いが難しい人物だろうとわかった。まるきり関わりのない人間ならまだいいが、ゲストとして扱うときが厄介だ。今のところ『Ａｋａｔｓｕｋｉ』への宿泊はないものの、年間契約をしている以上いつ来館してもおかしくない。

「もし何かあったら連絡ちょうだい。すぐに対応するわ。まあ、兄さんのことだから、佳純ちゃんに迷惑がかからないように手を打つでしょうけど」

「それって、彼女がわたしのところに来る可能性もあるってことですよね？」

「脅かすようなことを言ってごめんね。あくまでも、可能性のひとつってだけよ。あの女の気性だと、用心に越したことはないから」

安心させるように言う未知瑠だが、佳純はその言葉を素直に受け取れずにいる。エントランスで対峙《たいじ》したときのルチアの様子では、十中八九、佳純を標的にするだろう。

（きっと湊斗さんは、ひとりで解決するつもりだよね……）

我儘なゲストというのは残念ながら存在する。ゲストと直接関わることの少ないハウスキーピングでも、幾度も経験した。

ステイルームに清掃に入った際、『部屋に置いていた貴重品がなくなっている』とクレームがつくこともあれば、『清掃スタッフが調度品を壊した』などと言われることもある。

いずれも言いがかりで、貴重品はゲストの勘違いで騒いでいただけだったし、調度品の破損はゲストが自ら壊していたにもかかわらず隠蔽しようとしたものだ。

この程度であればまだましなほうで、もっとひどいコンプレイン《苦情》もあったのだが、その中のひとつがルチアの理不尽な振る舞いだ。

「わたしがここで働いていることを知れば、どんな手を使ってでもクビになるよう仕向けてきそうですよね……。あまり言いたくないですけど、悪役令嬢ってあんな感じなのかなって思って。ほら、コミックとかで最近よく見かけるじゃないですか」

「あー……たしかにそうかも。でも、コミックと違って悪役でも断罪できないのが厄介よねえ。兄さんも、これだけは気の毒だわ」

いつもは兄に辛辣な未知瑠も、今回ばかりは同情的だ。彼女はやれやれといったふうに肩を竦めると、気を取り直すようにスマホをポケットから取り出した。

「そうだ、今日は佳純ちゃんにお土産があるのよ」

「お土産？」

「この前はいろいろあったし、写真どころじゃなかったと思って」

そう言って差し出されたスマホの画面には、湊斗がドアマンに扮した姿が映し出されていた。佳純は思わず大きな声を上げそうになり、慌てて堪える。

「～～～～ッ！　くぅっ！」

写真は、制服姿の湊斗が、白手袋をつけるまさにその一瞬を捉えたものだった。

もし神がいるとすれば、このとき未知瑠のスマホに降臨していたのだろう。それくらいのベストショットだ。アクスタやキーホルダー、スマホケースなどのグッズが制作できる。いや、絶対に作るべきだ。

「み、未知瑠さん……」

「えっ、何？　大丈夫？」

「あまりの破壊力に息をするのも忘れかけました。被写体が完璧な造形をしているから見落としがちですが、この構図がまた素晴らしいです。制服に白手袋というオタク垂涎《すいぜん》ショットを撮影するなんて普通は考えつきません。さすがは普段から漫画を描いていらっしゃる未知瑠さんというべき一枚だと思います！」

興奮しすぎて一気にまくし立てると、全力疾走をしたあとのように息苦しくなった。ぜいぜいと呼吸を繰り返す佳純に、未知瑠も驚いている。

「そ……そこまで喜んでもらえるとは思わなかったわ。あとでスマホに送っておくから、思う存分楽しんでちょうだい」

「ありがとうございます！　送ってもらったらプリントアウトして祭壇に飾りますね」

「えっ、祭壇!?　兄さんの？」

「今までは、『滅亡の聖戦』だけだったんですけど、やっぱり推しが増えるとグッズも増えると思うんですよね。なので、今から備えておこうかと。『キノサキシジマ』に対する気持ちとはまた違いますが、間違いなく湊斗さんもわたしの推しです」

すでに夫婦となった相手を〝推し〟と表現するのは適切ではないのかもしれない。けれど、この表現が一番しっくりくる。二次元はもちろん大好きだし、今後も推していく。けれど、三次元は湊斗限定で推し活をしたいと思う。

「そもそも、推せる要素しかないんですよ。容姿も三次元離れしてるし、仕事に対する姿勢も尊敬できます。それに、不安になる暇がないくらい愛情深いんです」

今では、離婚しようと覚悟していたのが遠い昔のようだ。三年間の夫婦生活は、すっかり色褪《いろあ》せてしまった。今は、遅れてきた新婚生活を満喫している最中だ。

推しは何人いてもいい。人生が豊かになるからだ。仕事への活力にもなり、いいことずくめだが、その対象に出会うのが難しくもある。

だが、佳純は幸運なことに人生を懸けて推せる人物と夫婦になった。

「ふたりも推せる人がいるなんて、わたしって幸せ者ですよね。大好きなホテルで働けて、仕事もプライベートも大充実です」

「そういうところ、佳純ちゃんよねえ。兄さんが夢中になる気持ちもわかるわ」

くすくすと笑った未知瑠は、「それじゃあ、またね」と立ち上がりかけたが、そのタイミングでスマホが鳴った。

画面を見た彼女は、「噂をすれば、ね」と言いながら電話に出る。

「もしもし？　どうしたの、兄さん。私用にかけてくるなんて珍しいわね」

未知瑠の台詞から、湊斗からの連絡だと察した。

仕事の連絡ならば、社員はそれぞれ専用の端末を持っており、私用のスマホにはかかってこない。

（何かあったのかな。席を外したほうがいいかも）

さり気なく立ち上がったときである。

「なんですって!?　あの女がどうして来てるのよ」

鋭い未知瑠の声を聞き、心臓が嫌な音を立てた。彼女が〝あの女〟と呼ぶのは、佳純が知る限りルチアだけだ。

（まさか、湊斗さんに会いにまた来たの？）

エントランスで起きた騒動も記憶に新しいのに、これ以上よけいな騒ぎを起こすべきではない。何より、大事なコレクションを控えているのだ。ルチアが我儘を押し通せば、イベントが台無しにされかねない。

「……わかったわ。すぐに行く」

ため息とともに電話を切った未知瑠に、「ルチア《あの人》が来たんですか？」と思わず問いかけた。彼女は「ええ」と頷くと、神妙な面持ちで声を潜める。

「エルヴィーノの名代として来館したと言っているらしいわ。ただ、この前と要求を変えてきたみたいで……兄さんが、電話口でもわかるほど怒ってた」

「え……」

湊斗は基本的に冷静な人だ。合理的な判断をして、その時々で最適解を導き出す。だから、仕事上で感情を露わにすることなどありえないと未知瑠は言う。

(そんな湊斗さんが怒るなんてただごとじゃない)

「いったい何があったんですか?」

未知瑠は周囲に人がいないことを確認し、佳純の隣に腰を下ろす。

「あの女がとんでもない要求を突きつけてきたのよ。――『香坂湊斗の妻が謝罪しなければ、コレクションへの出品は中止にする』って」

「なっ……」

「契約上そんなこと許されないわ。契約不履行には、莫大《ばくだい》な違約金だって発生する。でもあの女は、『お金の問題じゃない』なんて言ってるらしいわ。イタリアのエルヴィーノ事務所にも確認中だけれど、まだ回答がないみたいで」

ルチアの様子から何かしらのアクションを起こすだろうとは予想できたが、まさかショーの中止にまで事態を発展させるとは予想だにしなかった。

佳純の周囲は、仕事に対して矜持《きょうじ》を持っている人ばかりだ。社長である湊斗を筆頭に、パートやアルバイトの客室メイドまで、誰ひとりとして他者の足を引っ張るような仕事をよしとせず、組織の中で役割をまっとうしている。

（わたしは、運がよかったんだ）

幼いころの自分を救ってくれた『Ａｋａｔｓｕｋｉ』で働けるようになり、仕事仲間たちにも恵まれている。しかし、ここで得た環境が他社でも得られるかと言えばそうではなく、むしろ人間関係や待遇に悩むことも多いはずだ。

「……何かわたしにできることはありますか？」

「兄さんから伝言なんだけど、佳純ちゃんにはあの女と接触しないでほしいって。顔を合わせても、嫌な思いをするだけだからね。それにもうこの件は、個人でどうこうできる話じゃなくなってしまったのよ」

エントランスでの出来事は、互いの胸の内に収めればいいだけの話だった。それがルチアは、自身の父親が手掛けたブランドと、『Ａｋａｔｓｕｋｉ』が数年をかけて進めてきた事業を潰そうとしている。

（こんなことが、許されるはずがない。でも……）

今の佳純には、できることはないに等しい。下手に動けば、事態が悪化する恐れもある。だからこそ湊斗は、ルチアとの接触を避けるよう伝えてきたのだ。

「あまり考えすぎちゃ駄目よ。今回の件は佳純ちゃんは巻き込まれただけだから、そこは間違えないようにね。……これは、純粋な悪意よ。あなたも兄さんも被害者だわ」

「……はい」

未知瑠は笑みを見せると、すぐに食堂を後にする。

視線を巡らせれば、休憩時間が終わったのかほとんど人はいなかった。ホッとした佳純は、自分の顔を隠すようにテーブルに突っ伏す。

とてもじゃないが、まだ仕事に戻れない。ひどく動揺し、顔色が悪いだろうことを自覚しているからだ。

(五分で気持ちを立て直そう。仕事だけはしっかりやらないと)

自分自身に言い聞かせ、ルチアのことを頭の隅へと追いやった。


その日の夜、湊斗から帰宅が遅くなると連絡がきた。

先に寝ていていいとメッセージがあったものの、佳純はひとりで眠る気になれずに彼をリビングで待っている。

湊斗が帰ってこられないのは、ルチアの件について対応しているからだろう。

『天空閣』との業務提携に始まり、時を経てようやく湊斗の企画が結実するはずだった。

コレクションの開催は業界の内外でも話題になっている。普通のイベントでは中止や延期もままあるが、今回は結婚式という晴れの門出を祝う場をアピールするのだ。昔ほどではないとはいえ、いまだに縁起を担ぐ人も多い。もしも中止となれば、けちが付いた式場として利用者が遠のく可能性が高くなる。

（やっぱり、何もせずにはいられない）

佳純が考え込んでいたとき、リビングのドアが開いた。

「ただいま。まだ起きてたのか」

「湊斗さん、お帰りなさい。例の件が気になって……」

立ち上がった佳純は、湊斗へと歩み寄った。明らかに疲れている彼を前に心苦しかったが、問わずにはいられない。

「わたしも無関係じゃないし、どうなったのか教えてもらってもいい？」

「ああ、そうだな」

湊斗はネクタイを緩めながらソファに座り、大きく息をついた。佳純が隣に腰を下ろしたところで、彼は「何か大きく進展があったわけじゃない」と前置きをし、話し始める。

「まず、ペッレグリネッリ事務所に確認をしたところ、今回の件についてはルチア・ペッレグリネッリが決定権を持っているのは間違いないようだ」

だが、こちらとしても数年かけた企画だ。父親のエルヴィーノに直接コンタクトを取って確認すべく、動いている最中だという。

「もしものときに備えて代替案も検討中だ」

「何かいいアイデアが出たの？」

「というよりも消去法だな。エルヴィーノ・ペッレグリネッリが手掛けたウエディングドレスが使用できないなら、既存のブランドで対応するしかない。ほかのデザイナーに依頼するにしても、コレクションまで時間が足りない。デザインだけならともかく、ドレスの制作にも日数がかかる」

湊斗は思っていたよりも冷静だった。未知瑠との電話では怒りが勝っていたようだが、負の感情を引きずってはいない。今できる最善を導き出そうとする姿は、『Ａｋａｔｓｕｋｉ』の社風にも通じている。

けれど、本来ならしなくてもいい手間をかけている。一番確実で、なおかつ多方面に迷惑をかけない方法を、なぜ彼は提案しないのか。

「湊斗さん」

佳純は昼間からずっと考えていたことを、初めてここで口にした。

「わたしがあの人に謝れば、全部丸く収まるんじゃない？　これ以上あの人がウエディング事業に口出ししないなら、わたしはいくらでも頭を下げるから」

形だけでも佳純が謝罪すれば、ルチアは満足する。そうすれば、予定通りコレクションは開ける。ウエディング事業にみそを付けずに済むのだ。

しかし湊斗は、佳純の申し出に首を振る。

「そんなことはさせられない」

「ど、どうして？　わたしが謝るだけで済むなら、そのほうがいいのに……」

「理念に反するからだ」

言いながら、湊斗はテーブルに置いてあるタブレットを手に取った。そこに表示させたのは、『Ａｋａｔｓｕｋｉ』のホームページである。

「うちの企業理念は、『人を大切に』だ。スタッフもゲストも、ホテルという空間に集まる皆が幸せを感じられる場を提供する。それが創業から護り続けている理念であり、ホテルの使命だと考えている」

ホテルを語る彼の声は凛《りん》としていた。普段、家で見せる顔ではなく、社長としての表情で湊斗は続ける。

「時に、理不尽に頭を下げなければならないこともある。接客業では避けて通れない道だ。だがそれは、あくまでゲストへの対応だったときの場合だ。今回のように、事業を盾に脅されて謝罪する必要はないんだ」

「……でも、わたしがきっかけを作ったせいで」

「因縁をつけられることと、正当なクレームを混同するな。ルチア・ペッレグリネッリの件は明らかに前者だし、一度要求を呑めばさらに付け込まれかねない。ここは、断固とした態度で臨むべきだ。それに……きみが好きになってくれた『Ａｋａｔｓｕｋｉ』は、スタッフを差し出して保身を図るような真似は絶対しない」

「湊斗さん……」

はっきりと言いきった湊斗に、佳純は強く心を打たれた。それと同時に、自分の考えが足りなかったことを反省する。

「……ごめんなさい。わたし、謝れば済むんだって単純に考えてた」

「わかってくれればいい。俺は、きみたちスタッフを守る立場だ。きみたちが憂いなく働けるためなら、誰とでも戦う心積もりはある」

湊斗は言葉とともに、佳純の頭を撫でた。大きな手で触れられると、それまで張り詰めていた心が解けていく。

佳純が幼いころに憧れ、心を弾ませた『Ａｋａｔｓｕｋｉ』は、時を経てもその輝きは色褪せず、理不尽な要求に屈しない強さを持っている。それは、これまで掲げてきた理念を護り続けているからだ。

「――俺も、ただやられっぱなしというわけじゃない。考えていることがある」

ホテルとしては歓迎できない状況にありながら、彼の余裕は失われてはいなかった。それどころか、楽しげですらある。

「わたしにできることがあれば言ってね。全力で働くから」

自信に満ちあふれている湊斗の様子に、ようやく微笑むことができたのだった。

（湊斗さんは、どうするつもりなんだろう？）

佳純は、ホテル内にある会議室の片付けをしながら、誰もいない部屋の中を見まわした。ルチアの一件があってから、バックヤードはどことなく落ち着きがなかった。人の噂とは侮れないもので、『コレクションが中止になるかもしれない』と、どこからか情報が漏れているようだ。

連日役員を集めて会議が開かれていることから、館内は物々しい雰囲気になっている。社内会議で使う部屋はハウスキーピング部門が管轄しており、連日清掃依頼が舞い込んだ。湊斗は日付が変わってからの帰宅も多く、改めて彼の多忙さを実感することになったのである。

コレクションに関して、具体的な対応策は聞いていない。それは、佳純の仕事とは直接関係がないからだ。とはいえ、気になることは事実で、つい考えてしまっている。

「早く解決すればいいけど……」

ひとり呟いたとき、部屋のドアが開いた。反射的にそちらを見れば、湊斗の秘書である古瀬が入ってきた。

「お疲れ様です、三好さん」

「古瀬さんもお疲れ様です。何か忘れものですか？」

会議が終わったばかりだからそう尋ねたのだが、「いえ」と首を左右に振った秘書は、人目を避けるようにドアを閉めた。

「……何かあったんですか？」

察した佳純が表情を引き締める。古瀬は「悪い話ではありません」と苦笑した。

「ようやく社長の頑張りが報われるので、そのお知らせを。おそらく、三好さんには何も言っていないでしょうし。ちなみに、今日は何時ごろ上がりですか？」

「夕方には上がる予定ですが……」

「では、社長の妻として役員会議に出席するつもりはありますか？　希望するならそのように取り計らいます。まあ、会議といってもプレゼン主体のものですが」

「わたしが、会議に……？」

予想外の提案に目を丸くする。

今まで彼の妻として公の場に出たのは、パートナー同伴のパーティくらいだ。そうでなくとも、役員でもない妻が会議に参加するのはおかしな話だ。

（古瀬さんが、意味もなくこんなこと言うはずがないし……）

「そのプレゼンって、コレクションの件ですか？」

「ええ、そうです。ですが、普段の会議とは違うので、身構えなくても大丈夫ですよ。もしかしたら、出席しても気づかれない可能性もありますから」

古瀬は時計に目を遣ると、「どうしますか？」と再度問いかけてくる。その様子から、あまり考えている余裕がないことが窺えた。

自分がプレゼンの場に行ってもいいのかと迷いもある。それでも、この一件は見届けたいという想いが強かった。

「行きます。邪魔はしないと約束するので行かせてください」

「了解しました。そう気張らなくても大丈夫ですよ。きっと社長も喜ばれます。三好さんに見てほしいとおっしゃっていましたから」

「えっ……わたしに？」

「今回の一件で、あなたが一片の責任も感じないようにしたかった、とのことです。ですが、自分が誘うと必ず来るはずだから、そこは自主性に任せたいと……面倒くさいほど、三好さんの気持ちを優先していますね」

つまり湊斗は、佳純に来てほしいと思いながらも、あえて古瀬を介して誘ってきた。すべては、佳純の意思を尊重するためだ。

社長の──湊斗の妻として堂々ととなりに立つためにも、今までの状況に甘んじてはいられない。彼がそうしてくれたように、今度は佳純自身が行動で示すべきだ。

「ありがとうございます、古瀬さん。湊斗さんの気持ちを教えていただけてよかったです。

しっかりプレゼンを見届けます」

「では、仕事が終わったら駐車場に来てください。プレゼンはホテルではなく、別の場所で行ないますので」

「わかりました」

役員会議でホテル外部の施設を使用するのは珍しい。それだけでも通常とは違っているし、何より社長である湊斗が自ら役員にプレゼンすること自体も希有だった。

にわかに緊張し、鼓動が速くなってくる。

だが、怯んではいられない。自分自身を奮い立たせ、残りの仕事を片付ける佳純だった。


何事もなく勤務を終えて従業員用の駐車場へ行くと、すでに古瀬が車の前で待っていた。

それも、未知瑠と一緒に、である。

驚いて駆け寄ると、彼女は勝手知ったる古瀬の車と言わんばかりに佳純を促す。

「佳純ちゃんはわたしと一緒に後部座席に乗りましょ。古瀬さん、急いでね」

「了解です。……が、あなたと一緒だと緊張感がなくなりますね」

「あら、そのためにわたしを呼んだくせに」

軽口を聞きながら、未知瑠とともに後部座席に乗り込む。古瀬が運転席に乗り込み、程なくして発車した。

「ところで、どこへ向かうか聞いてもいいですか？」

　夕焼けに染まる街中を眺めていても、まったく見当がつかない。緊張感ばかりが増すのに耐えかねて尋ねた佳純に、隣の未知瑠が驚いている。

「えっ、聞いてなかったの？」

「はい、何も。湊斗さんが、役員の前でプレゼンをするってことだけです」

「そうだったのね。まあ、事前に何も言われないのは不安よね。兄さんも説明する余裕はなかっただろうし……」

　言いながら、未知瑠の視線が運転席の古瀬へと向けられた。

「わたしが来たのは兄さんに頼まれたからなの。佳純ちゃんが絡まれないように、念のためにね。プレゼンには、あの女も来るから」

　未知瑠の話によれば、役員だけではなくルチアも呼ばれているという。湊斗は、佳純が参加すると言った場合に備え、しっかり対応していたのだ。

　もちろん誰が呼ばれていても出席するつもりだが、複雑な心境ではある。彼女が来るということは、コレクションが成立するかどうかの瀬戸際にほかならないからだ。

「ええと……どうして、彼女のことを教えてくれなかったんですか？」

　思わず古瀬に尋ねると、彼は悪びれない様子で「気負っているようだったので」と笑った。そして、「ルチア・ペッレグリネッリがいようといまいと、気にならないはずです」と、確信しているかのような物言いをする。

「誰もが、社長のプレゼンに集中するはずです。今回の企画は、あの方が社長になったばかりのころを思い出させてくれました。強い想いがこめられているのがわかります」

それは、湊斗を以前から支えている古瀬ならではの発言だった。

緊張は拭い去ることができないけれど、少しだけ気が楽になり、佳純はそこでようやく笑みを浮かべる。

「湊斗さんが社長になったころのことを知らないので、楽しみになってきました。普段は忘れちゃうんですけど、すごい人なんですよね……」

「だって兄さん、仕事中だとちゃんとしてるけど、普段はわりとポンコツじゃない？　うっかり離婚されそうになってるし。ね？　古瀬さん」

未知瑠が水を向ければ、古瀬が苦笑する。

「あの方は、理性的に判断できない事象になれていなかったんだと思いますよ。そもそも、恋愛感情を持つこと自体が、初めてかもしれないですから」

ふたりにかかれば、ホテル王と言われる湊斗も形無しである。ただ、そこには彼に対する絶対的な信頼感があった。

「未知瑠さんも古瀬さんも、社長としての湊斗さんのことをめちゃくちゃ評価してるってことですよね」

「そうね。プライベートはともかく、社長としての仕事ぶりに心配はまったくないわ」

「むしろ、三好さんが絡んだときのあの方の態度のほうが珍しいんです。今まで何に対しても合理的な判断をしてきた人なのに。業務に支障はないのでいいですけどね」

一番近くで見てきたふたりから信用を得られているのは、それだけ彼が仕事に真摯に向き合ってきた証だろう。

車は渋滞にはまることなく順調に走っていた。空がオレンジから薄闇に変化していく中、窓の外を眺めていた佳純はあることに気づく。

「ひょっとして、『天空閣』に向かってるんですか？」

「正解です」

古瀬が短く答えたところで、前方に『天空閣』のシンボルである中世ヨーロッパ風の邸宅が見えてきた。

緩やかな坂をしばらく車で進むと、大きな鉄門が目の前に現れた。自動で開閉する門を潜った先には駐車場があり、数台が停車している。おそらく、先に来ている湊斗や役員たちのものだろう。

「ちょうどいい時間ですね。行きましょう」

車から降りると、古瀬と未知瑠に続いて建物内へ入る。広々とした玄関ホールは、どこかホテルを思わせる。個人の邸宅というには贅沢《ぜいたく》な造りだが、結婚披露という門出を祝うにふさわしい空間だ。

中にはスタッフが数名控えていたが、古瀬の姿を認めて目配せをした。どうやら話はついているようで、言葉少なに階上へと案内してくれる。

「皆さまお揃いです」

スタッフは声とともに、そっと扉を開いた。そこは、正餐《せいさん》形式で百名ほどが収容可能なパーティ会場だった。雨天の際に使用する場合も多く、ガーデンパーティとは違った趣がある人気のある部屋だ。

西洋の晩餐会場を思わせる煌びやかさで、いくつものシャンデリアが室内を美しく照らし出している。

佳純たちが入ったのは、会場の後方扉だった。そのため、すでに揃っていた役員らには気づかれない。

だが、理由はそれだけでなく、壇上に現れた湊斗に意識が集中していたのである。

「今日ここに集まってもらった趣旨は、すでにわかっていると思う。ルチア・ペッレグリネッリ氏から『ある条件を呑まなければ、コレクションには出品しない』と告げられている。しかし、これは理不尽な要求であり、私としては受け入れることはできない。そこで、コレクションと同等以上の宣伝効果が見込める企画を考えていた」

湊斗の視線が、ほんの一瞬こちらへ向く。けれどすぐに役員たちへ目を戻し、会場の壁面を指さした。

「まずは説明するよりも見てもらったほうが早いと思う」

湊斗の言葉とともに、室内の明かりが一斉に消えた。

驚いたのもつかの間、四方の白壁に美しい青空と庭園が映し出される。しかも、ただの風景映像ではない。『天空閣』の庭園で行なわれているウェディングパーティだ。

「これは……」

役員たちから戸惑いの声が聞こえる。湊斗は映像が正しく映っていることを確認し、張りのある声で説明を加える。

「見ての通り、プロジェクションマッピングを使用した映像だ。こうして投影させれば、様々な演出を加えた映像を流すことができる。イベントでもよく使われる手法だ」

パーティの映像は立体的で、まるで自分が参加しているような気分にさせられる。

美しい衣装に身を包んだ新婦や出席者の姿に見入っていると、パッと映像が切り替わった。今度は大小様々なビビットカラーの花を背景に、ウエディングドレスのデザイン画が時計回りに巡っていった。それも、すべてが違うデザインである。

「なんだか……ショップで服を選ぶときみたいなワクワク感があるわね」

思わずといったように呟く未知瑠に、佳純も小さく「そうですね」と同意する。

（それに、まるで……ファッションショーみたい）

デザイン画が数周したところで、ふたたび映像が変わった。次は、実際にウエディングドレスを身につけた女性が庭園を歩いている姿。その動きに合わせるように、背景では桜の花びらが舞っていた。

「今映っているのは、『天空閣』で貸し出している既存のウエディングドレスだ。女性もモデルではなく、『天空閣』のスタッフの方だが……コレクションでは、実際に式を挙げる新婦がドレスを着た姿を映そうと思っている。モデルよりも一般人のほうがより自分たちの挙式をイメージできるだろう」

湊斗の提案に、役員たちから感嘆の声が上がった。

「これは、話題になりそうだ」

「従来のショーにはない自由度もある」

役員たちの声を聞いた湊斗は、大きく頷く。

「これまで私は、『ペッレグリネッリ』の持つブランド力に囚われすぎていた。しかし、ホテルもブライダル事業も、主役はゲストだ。一番核となる部分を間違えてはいけなかったんだ。私はそれを妻に教わった」

ちらりと彼の視線が佳純に向く。まるで自分に語りかけられているような気がして、どぎまぎしてしまう。

「ペッレグリネッリブランドの知名度を利用したほうが、一時的に注目は集められる。だが、長期的な視点で事業展開を考えたい。ゲストが、またホテルを利用したいと思えるように。理念を疎かにせず、初心に戻るためのコレクションにしようと思う」

壁面の映像が、これまで『天空閣』で挙式を挙げた人々の映像に変わる。人生の転機を迎えた新郎新婦は、皆、嬉しそうに笑っている。様々なカップルが数十秒単位で切り替わり、どの式でもそれぞれの幸せの形が記録されていた。

かつて佳純が、『Akatsuki』に救われたように、ほかのゲストにとっても大切な空間になればいい。言葉にしなくても、湊斗の想いが伝わってくる。

「我が社は、理不尽な要求に対し従業員を守るということも改めて宣言する。――ですから、あなたの希望には添えない」

湊斗の目線の先には、今回の騒動の発端、ルチアがいた。映像が止まって会場の照明がついたと同時、前方の扉前に立っていた彼女は、壇上目がけて足を進めた。

『わざわざ来てあげたっていうのに、どういうことなの？　わたしを怒らせたら父も黙っていないわよ！　ホテルの制服だって、今後ペッレグリネッリの名前を使えないように権利を引き揚げたっていいんだから！』

ルチアは父の威光を笠に、早口でまくし立てている。だが、湊斗は冷静だった。

『それは、エルヴィーノ氏の意向ではないはずですが』

『わたしの言葉が父の考えよ。あなたに父の何がわかるって言うのよ……ッ』

『直接お伺いしたんですよ』

湊斗の言葉と同時に、壇上の袖からある人物が現れた。上品なスーツを身につけた白髪の外国人男性は、名前を聞かずともすぐに誰なのかを理解できる。

『お、お父様……来日するのはまだ先じゃ……』

『私の判断が必要だと連絡があって、予定を早めたんだよ』

突如現れたのは、ルチアの父にしてファッション業界の重鎮、エルヴィーノ・ペッレグリネッリその人だった。

「間に合ったみたいね」

ホッとしたように呟いた未知瑠は、「ずっと本人に連絡を取ろうとして苦労してたのよ」と説明してくれた。

エルヴィーノはここ数年経営に携わっておらず、娘に事務所を任せているという。自身はデザインに専念するために、誰からの連絡も取り次ぎがないそうだ。

しかし今回、ルチアの暴走は一線を越えた。そこで湊斗は、エルヴィーノ本人にコンタクトを取ろうと奔走していた。

『ルチア、私はきみが『湊斗と仕事をしたい』というからこの案件を任せたんだ。それなのに、まさか私の意見も聞かないで契約を打ち切ろうとしていたとはね。いくらきみに事務所を任せているとはいえ、最終的な権限は私にある。勝手な真似は感心しないな』

口調は穏やかだが、目は笑っていなかった。好々爺然《こうこうやぜん》としているだけに、より恐ろしさが増している。

それまで強気だったルチアは、『だって湊斗がわたしの言うことを聞いてくれないから……』などと、この期に及んで言い訳ばかりを連ねていたものの、幸いだったのは父親が常識的だったことだ。

『悪かったね、湊斗。このお詫《わ》びは改めてさせてもらうよ。もしも今回の件を許せないというのなら、法的措置をとってもらってもいい。でも、許してくれるなら……きみの考えた企画に、私のデザインを使ってもらいたい。もちろん無償で構わないよ』

それは、父親として娘の不始末に対する謝罪で、誠意の表わし方なのだろう。でも、有名デザイナーを使って損はしないはずだ、という考えが透けて見えるのも事実だ。

ただ、こちら側にデメリットはない。申し出を受け入れることもできたが、湊斗は、エルヴィーノの提案に否を突きつけた。

『訴訟は起こしません。ですが、娘さんに、もう二度と私と妻に近づかないよう言い含めてください。それと、今回のコレクションでは自社でデザインを制作するつもりです。詫びで仕事をしてもらうのは、ホテルの沽券《こけん》に関わる。これまでコレクション用に描いてもらったデザインは、すべて権利をお返しします』

現状だけを見れば、湊斗の決定は合理的でないように見える。しっかり責任を取らせるべきだ、という人間もいるだろう。

しかし、エルヴィーノに貸しを作ったと考えれば、また状況は変わってくる。

娘の不始末の尻拭いで仕事をさせるよりも、パワーバランスの安定化を湊斗は優先した。

互いの力関係をフラットにすることでいずれ利になると判断したのだ。

『いずれあなたのほうから、「Ａｋａｔｓｕｋｉ」と仕事をしたいと言わせてみせます』

『なるほど、そうか。これは失礼したね』

湊斗の意図を汲《く》み取ったエルヴィーノは笑うと、『挨拶は日を改めよう』と言い残し、娘を連れて会場を出ていく。

「これで、なんの憂いもなくコレクションの準備を進められる」

彼の言葉で、役員会議という名のプレゼンはようやく幕を下ろした。


——数日後。

「遅くなって悪かったな」

ルチアの一件でしばらく対応に追われていた湊斗は、ようやく今日事後処理を終えて定時に帰宅した。シフトの関係でしばらく話せていなかった佳純だが、彼は時間を取って事の顛末を説明してくれた。

「まず、エルヴィーノは今回の事態を重く受け止めた。娘は事務所を辞めさせると宣言している。今後ルチアが俺や佳純、ホテルにも接触しないことを文書で取り交わした」

それだけに留まらず、メディアを通じて今回の件を公表し、再発防止に努めると約束したという。ブランドイメージの低下は免れないだろうが、エルヴィーノ本人も承知のうえだと湊斗は語った。

「コレクションの話も正式に破棄している。これで、この一件は終わりだ」

「……素敵なデザインをするのに、もったいないよね。こんなことがなければ、話が立ち消えになることはなかったのに」

「結局のところ、信頼関係がないといい仕事はできない。いくら有名ブランドだとしても、ホテルが軽んじられることはあってはならないことだ。もちろん、スタッフが理不尽な目に遭うなんてもっての外だ」

ルチアがコレクションへの出品を盾に自身の要求を押し通そうとした時点で、ペッレグリネッリ事務所への信頼がなくなってしまった。

こちらを格下に見てリスペクトがない相手との仕事など、上手くいくはずはない。今回の一件が引き金になったが、契約破棄について後悔はないと湊斗は語った。

「以前なら、エルヴィーノの申し出を受け入れていただろう。でも、物事は利益を追求するばかりではいけないと、きみに教わった」

「わたし？」

「佳純を好きになったことで、合理性を追求するだけでは人生が豊かにならないんだと気づかせられた。恋愛なんて、必要ないと思っていたのに」

湊斗は微笑むと、佳純をそっと抱き寄せた。

「きみがいなければ、俺の人生は味気なかったと思う」

「それなら、これからもっといろいろな楽しみを見つけようね。ほら、前に言ってた動物園もまだ行けてないし。あっ、今度一緒に未知瑠さんが参加する同人誌即売会に行く？」

佳純の提案に、「未知瑠が嫌がりそうだな」と湊斗が笑う。

「俺の推しは佳純だから、一緒にいられるならどこでも楽しめる。きみがいなければ、この幸せを一生知ることはなかった」

顎に手を掛けられ、視線を合わせられる。自然と目を閉じれば、唇を重ねられた。

「ん……」

何度キスをしていても、まるで初めてのように胸がときめく。ただ触れ合わせているだけでも心地よく、力が抜けるのを感じる。

湊斗は佳純の状態を見透かしているのか、キスを解かないまま胸に触れた。

「っ、んん……ッ」

服の上から揉みしだかれて、くぐもった声が漏れる。身体は徐々に熱を帯び、心臓が高鳴りを増した。

「頑張ったご褒美に佳純を抱きたい」

唇を離した湊斗が、顔をのぞき込んでくる。色気を湛えた眼差しを注がれて、恥ずかしく思いつつも頷いた。

「……わたしも、湊斗さんとイチャつきたいって思ってた」

「そんなことを言って、俺を暴走させたいのか？」

立ち上がった湊斗は佳純の手を引くと、そのまま寝室まで向かった。

部屋に入ったとたんに腰を抱き込まれ、唇を塞がれる。

「んっ……んぅっ」

先ほどよりも深いキスに、ぞくりとする。口腔に入ってきた舌に唾液をかき混ぜられ、そうかと思えば舌同士を擦り合わせられた。

夢中で応えていると、湊斗はキスをしたまま乱雑にスーツの上着を脱ぎ去り、佳純をベッドに押し倒す。

膝立ちで見下ろしてくる彼の表情は、恐ろしく色っぽい。ベストの釦を外し、ネクタイを首から抜き取るしぐさにすら、心臓が鷲掴みにされた。

「……湊斗さんの色気が凄まじい件」

「なんだ、それ。俺からすれば、佳純のほうがいろいろ凄まじいけどな」

ふっと微笑んだ彼が覆いかぶさってくる。

首筋や鎖骨に唇を押しつけながら佳純の服を剝ぎ取っていく。いつになく性急な行動で、強く求められていることを自覚した。

(ドキドキしすぎて、おかしくなる)

離婚前提の結婚だから、好きになるわけにいかなかった。けれど、今はもう彼なしではいられないほどに気持ちが大きくなっている。

「湊斗さんと別れなくてよかった」

「別れたいって言っても、絶対に放してやらない。一生俺のそばにいてもらう」

会話をしている間にも、彼の手は止まらない。ブラを押し上げ、直接乳房に触れてくる。頂きと手のひらを擦り合わせるように揉まれ、身体の中が火照り出した。

(どうしよう。すごく感じてる)

小さく身じろぎして熱をやり過ごそうとするも、湊斗はそれを許さない。しばらく胸の感触を愉しんでいたかと思うと、おもむろに佳純の両足を大きく開かせた。

愛液の染みたショーツが彼の目の前に晒され、思わず両手で顔を覆う。

「み、見ないで……！」

「無理だ。俺は見たいし、見せてほしい」

彼はショーツを脇に避け、割れ目に指を忍ばせる。奥に隠れた肉芽を探り当てると、そこを強く押し潰した。

「あんっ……！」

ぬちゅっ、と水音が響くのがよけいに恥ずかしい。それなのに、刺激を与えられたことで、いっそう蜜を滴らせてしまう。

「顔も、ちゃんと見せてくれ。隠されたらご褒美にならないだろ」

彼は佳純を促すように、花蕾を撫でまわす。下肢が甘く痺れていき、身体の中から欲望が湧いてくる。

羞恥を堪えて両手を顔から退けると、嬉しそうに笑った湊斗は蜜口に指を挿入した。

「や、ぁっ……」

愛汁で潤った媚肉を擦られて腰が浮く。肉芽と一緒に愛撫されれば、一気に快感の渦へと墜ちてしまう。

「可愛いな、きみは」

「ンン……ぁっ」

蜜口で指を遊ばせつつ乳首を口に咥えた湊斗は、上目で佳純を見つめる。彼に見られていると思うとなおさら感度が高くなり、びくびくと内股が震えていた。

乳首は彼の口内でたっぷりと転がされ、蜜孔は指でぐちゃぐちゃにかきまわされる。全身に快楽を与えられ、我慢できなくなってきた。

「湊斗、さ……もう、いっちゃうから……ぁっ」

たまらずに訴えれば、顔を上げた湊斗が不敵に口角を上げた。

「わかった。俺も、理性の限界だ」

蜜口から指を引き抜き身体を起こすと、湊斗が自身を取り出す。すでに隆々と反り返るそこに避妊具を被せると、すぐさま佳純にあてがった。

「……っ！」

ただ添えられただけなのに、硬くなっているのがわかる。期待感で膣内が微動し、滴り落ちた愛蜜がシーツを濡らす。

湊斗は自身と馴染ませるように、数回秘裂を行き来させた。避妊具越しに感じる感触に身を震わせた刹那、ずぶりと淫音を立てて肉茎が埋められる。

「あ、ぁあ……っ」

自分の中が押し拡げられる感覚に、佳純は身悶えた。

彼自身に纏わりついた蜜壁が歓喜に震え、ぎゅうぎゅうと狭くなる。しかし雄槍は締め付けをものともせず一気に最奥へ到達し、激しい抽挿が始まった。

「やっ、んぁ……ッ、待っ……」

膣内は充分に濡れ、快感をため込んでいる。それなのにいきなり全開で腰を押し込まれ

れば、すぐにでも絶頂しそうだ。

「待てない。このままきみを愛し尽くす」

彼はその言葉通りに、佳純の胎内を侵していった。強く腰をたたきつけてきたかと思えば、浅い部分を執拗《しつよう》に抉《えぐ》ってくる。張り出した肉傘で蜜壁を削られ、ひたすら喘ぐしかできなかった。

汗を滴らせて夢中で腰を振る湊斗は、とても淫らで綺麗だった。誰もが見惚れるだろう彼が、自分だけを愛してくれる。実感すると、よりいっそう悦楽が強くなる。

（もう、いく……っ）

ギュッとシーツを握りしめたときだった。

突如、自身を引き抜いた湊斗が、佳純の身体を反転させた。

腰を高く突き出す体勢にさせられると、ふたたび雄茎が蜜路へ入ってくる。

「あう、っ」

佳純の背中にのし掛かった湊斗は、両手で乳房を揉みしだいた。間断なく腰を突き込みつつ、耳もとで囁く。

「俺がこの先愛するのはきみだけだ」

彼の言葉が嬉しくて首だけを振り向かせると、唇を重ねられる。

互いの愛を存分に感じながら、佳純は愉悦の波に呑まれていった。

エピローグ

とある快晴の休日。佳純は湊斗とともに、『天空閣』の控え室にいた。仕事ではなく、プライベートだ。今日ここで、ふたりの結婚式が執り行なわれるためである。

湊斗はタキシード、佳純はウエディングドレスを身につけて、すでに準備を終えている。

ちなみにドレスは両親や湊斗と相談し、マーメイドラインを選んだ。光沢のある生地と大きく広がる裾が特徴的で、シンプルながら上品な作りになっている。

「でも、まさか、湊斗さんが契約結婚のことを話したとは思わなかった」

式が始まるまでのわずかの間、自然とふたりで今までの出来事を振り返っていた。湊斗は、「俺の提案から始まったことだからな」と、笑みを浮かべる。

「ここで式を挙げるのに、黙ったままというのも気が引けたんだ。ケジメをつけたいと思っていたからちょうどよかった」

佳純の両親に伝えたとき、彼らは驚いていたそうだ。だが、最終的には笑って許してくれたうえで、『必ず幸せにするように』と厳命されたという。

「きみのご両親に感謝しないとな。殴られることも覚悟したのに」

「きっかけはどうあれ、今は契約じゃないし……わたしは、湊斗さんと結婚して、すごく幸せだからいいの。湊斗さんのお父様とお母様にも直接お会いできたし、ようやく本当の奥さんになれた気がする」

湊斗の両親は、挙式に合わせて来日している。昨日初めて両家で顔合わせをしたが、佳純を常に気遣ってくれる優しい人たちだった。これまでは必要最小限の交流しかできなかったが、今後は積極的に会いたいと思っている。

「未知瑠と一緒に古瀬まで来て、結婚したいと言い出したのは驚いたけどな」

香坂一家が揃ったこの機会にプロポーズをしたと、古瀬から報告があった。未知瑠は終始幸せそうで、佳純としても嬉しいニュースである。

「これでもう、俺たちは公認の夫婦になる。佳純との結婚が周知されて俺は嬉しいが、きみには苦労をかけるかもしれない」

「そんなの望むところだよ。わたしも、ようやく覚悟を決めたから」

ふたりの結婚は、式後に公表が予定されている。しばらくは騒がしくなるかもしれないが、彼の妻の座は誰にも渡すつもりはない。たとえ何があろうとも、湊斗と一緒なら乗り越えられると確信している。

「湊斗さんの妻としてはもちろん、ホテルの仕事も推し活も、全部全力で頑張るから」

「俺も努力しないとな。まずは、佳純の推しになるところから始めるか」

「わたしはもう充分に湊斗さん推しだよ。今日撮影した写真は、全部祭壇に飾る予定だし」

「……それはちょっと恥ずかしいな」

ふたりで笑みを交わしたところで、スタッフが「時間です」と呼びに来る。

「それじゃあ行こうか、奥さん」

差し出された湊斗の手に自分の手を添える。佳純は幸福を噛み締めつつ、彼とともに新たな一歩を踏み出した。

あとがき

御厨翠《みくりやすい》です。このたびは、拙著をお手に取ってくださりありがとうございます。

前作は仕事人間の主人公でしたが、本作は推し活に情熱を注ぐ主人公になりました。

個人的には、ヴァニラ文庫ミエルらしい作品になった気がします。楽しんでいただければ幸いです。

イラストは御子柴《みこしば》リョウ先生がご担当くださいました。表紙を拝見しましたが、色気たっぷりの構図とヒーローの表情にドキドキしています。素敵なイラストを本当にありがとうございます！

最後になりますが、刊行に携わってくださった皆様、本作をご購入くださった皆様に感謝申し上げます。またどこかでお会いできれば嬉しいです。

令和六年・六月刊　御厨翠

離婚前提の結婚でしたよね⁉
ホテル王は契約妻を愛し尽くしたい

Vanilla《ヴァニラ》文庫 Miel《ミエル》

2024年6月5日　第1刷発行　　定価はカバーに表示してあります

著　作　御厨 翠　©SUI MIKURIYA　2024
装　画　御子柴リョウ
発行人　鈴木幸辰
発行所　株式会社ハーパーコリンズ・ジャパン
東京都千代田区大手町1-5-1
電話　04-2951-2000（営業）
0570-008091（読者サービス係）
印刷・製本　中央精版印刷株式会社

Printed in Japan ©K.K.HarperCollins Japan 2024 ISBN978-4-596-63714-7